Titre original : « Goyangi Hak-kyo », Naneun geudai nundongja soke yitseuri

Mas de Vert
B.P. 20150
13631 Arles cedex

ISBN : 2-87730-878-2
ISBN 13 : 978-2-87730-878-6

Kim Jin-kyeong

L'ÉCOLE DES CHATS

4

Illustrations de Kim Jae-hong

Traduit du coréen par Lim Yeong-hee et Françoise Nagel

JE TE SAUVERAI DES TÉNÈBRES

4

LE PAYS DE L'OUBLI

Minjun et Brin-d'Osier marchèrent longtemps, longtemps, sans s'arrêter. Enfin, parvenus à l'extrémité de l'étendue glacée, ils se retrouvèrent dans la plaine recouverte d'un épais manteau neigeux.

— Allez, courage ! s'exclama Brin-d'Osier en s'élançant à petits bonds dans la neige. Nous avons encore une longue route à faire.

Pauvre Minjun ! Il avait mal aux jambes d'avoir trop marché. Il lui fallait rassembler tout son courage pour ne pas abandonner et, chaque fois, forcer ses pieds à faire un pas de plus. A mesure qu'il avançait, la neige devenait de plus en plus épaisse. Elle lui arriva bientôt à hauteur des genoux. Il poussa un gros soupir. Son haleine flotta un moment dans l'air froid, telle une brume blanchâtre, avant de se dissiper dans l'obscurité. Loin devant, Brin-d'Osier bondissait sur ses petites pattes dans la couche poudreuse.

Soudain, il s'écroula en poussant un cri de douleur.

— Qu'est-ce que tu as ?

Minjun se précipita vers son compagnon qui, tapi sur le sol, immobile, laissait pendre mollement une de ses pattes arrière dans la neige. Le regard du chat devint flou.

— Tu t'es tordu la cheville ? demanda Minjun.

— Non, j'ai l'impression que j'ai été piqué par un insecte venimeux. Il a dû arriver quelque chose dans la grotte.

— Tu crois ? Mais c'est grave, ça !

Minjun releva la tête et contempla la plaine neigeuse qui s'étendait à l'infini. Quelle guigne ! Si Brin-d'Osier ne pouvait plus marcher, ils seraient incapables de sortir de là, et encore plus de retrouver Sena et Mot-d'Amour.

— Appelle l'Oiseau de Feu, articula péniblement Brin-d'Osier.

— Bonne idée ! Il trouvera sûrement une solution. Il pourrait peut-être nous emmener sur son dos.

Minjun sortit avec soin les deux morceaux de branche qu'il avait rapportés du Pays du Feu et les frotta l'un contre l'autre, en priant de tout son cœur pour que ça marche. L'image minuscule et imprécise de l'Oiseau de Feu apparut et se mit à grandir, de plus en plus distincte. Minjun et Brin-d'Osier retinrent leur souffle.

L'Oiseau de Feu, devenu aussi grand qu'une maison, tendit son long cou vers le ciel nocturne. Un cri puissant sortit du fond de sa gorge :

— Coâc !

Minjun tendit la main et lui caressa doucement les plumes.

— Tu peux nous emmener ? demanda-t-il d'une voix timide.

Et s'il refusait ? Malade d'appréhension, Minjun sentit son estomac faire un nœud.

Mais, Dieu merci, l'oiseau fit un *coâc* d'assentiment. Il saisit Brin-d'Osier avec son bec et le reposa en douceur sur son dos. Minjun, de son côté, empoigna les plumes de l'oiseau et essaya de grimper par ses propres moyens. L'oiseau poussa un autre *coâc* retentissant, avança son bec vers Minjun, le souleva de terre et le déposa à côté de Brin-d'Osier. Comme il faisait bon dans les plumes de l'oiseau ! C'était comme un nid douillet. Une chaleur agréable envahit les deux compagnons.

L'oiseau s'éleva haut dans le ciel. Minjun, agrippé de toutes ses forces aux plumes, se pencha pour regarder en bas. Mais le vent glacial était si coupant qu'il eut l'impression que ses oreilles allaient se détacher toutes seules. Plissant les paupières, il se tourna vers l'avant. C'est alors qu'il aperçut le Dragon-Candélabre, planant au loin, rayonnant de mille feux. Les faisceaux lumineux de ses chandelles semblaient monter tout en haut du ciel noir comme de l'encre. Au-delà de ces lumières, on ne distinguait plus rien. Le paysage tout entier était noyé dans une tempête de neige.

Brin-d'Osier s'était endormi, bien au chaud dans les plumes de l'Oiseau. Minjun le regarda d'un air soucieux. Etait-il vraiment

arrivé quelque chose dans la grotte, comme le chat semblait le penser ? Tout cela n'était guère rassurant !

— Comment allons-nous retrouver Sena et Mot-d'Amour ? murmura-t-il pour lui-même.

Un malaise, une sorte d'angoisse même, s'emparait de lui. Que faire ? Il n'y avait personne auprès de lui pour lui souffler la solution. Personne pour l'aider ! Il allait devoir affronter toutes ces difficultés par ses propres moyens. Il se sentit tout à coup terriblement seul et effrayé. Raison de plus pour retrouver Sena et Mot-d'Amour au plus vite ! se dit-il.

C'est alors qu'il entendit une voix venue de nulle part. Comme si quelqu'un avait lu dans son cœur et lui répondait.

— Ils sont dans le pays où dorment les âmes des morts, le pays qu'éclairent les chandelles du dragon. Là-bas, les morts font des rêves dont ils ne se réveillent jamais.

La voix ressemblait à celle du Chevalier Noir. Ou peut-être même de l'Oiseau de Feu, qui sait ? Minjun n'en était pas sûr. Il jeta un coup d'œil sur les chandelles du dragon.

— Oiseau de Feu, tu vois là-bas ce dragon ? Allons dans cette direction.

L'Oiseau de Feu acquiesça d'un *coâc* sonore et partit comme une flèche. De loin, le dragon paraissait tout petit, mais à mesure qu'ils s'approchaient de lui, Minjun eut de plus en plus peur. Vu de près, le dragon était gigantesque, aussi grand qu'une chaîne de montagnes serpentant à l'infini. Ses chandelles émettaient des colonnes de lumière aussi hautes que les flammes d'un volcan. Mais, par bonheur, elles ne produisaient pas autant de chaleur !

L'Oiseau de Feu plongea à travers le rideau de lumière aux couleurs changeantes.

— Waouh ! Que c'est beau !

Minjun tendit les mains vers les rayons lumineux. Une brume froide les effleura au passage. Après avoir dépassé la nappe de lumière, l'Oiseau de Feu redescendit vers le sol couvert de neige. Lorsqu'il arriva à quelques centimètres du sol, Minjun ne put retenir une exclamation de stupeur :

— Qu'est-ce que c'est ?

La plaine enneigée était tout illuminée, comme par une multitude de lampes de couleurs différentes. C'était le pays où dormaient les âmes des humains et des animaux défunts. Chaque âme rêvait en couleurs, et les lumières émises par tous ces rêves s'entremêlaient en une délicate tapisserie.

— Comment repérer Sena et Mot-d'Amour au milieu de toutes ces âmes ? gémit Minjun, une pointe de découragement dans la voix.

Désemparé, il regardait la plaine alentour.

— Peut-être qu'elles ont des couleurs particulières ? Si je les voyais de plus haut, je pourrais les reconnaître.

A peine eut-il terminé sa phrase que l'Oiseau de Feu remonta en flèche. Mais peine perdue! Minjun ne voyait toujours que la douce couleur des lumières, sans rien de spécial pour lui indiquer où se trouvaient Sena et Mot-d'Amour. Il sentit l'angoisse le gagner. La respiration de Brin-d'Osier faiblissait. Et pour couronner le tout, les portes du Royaume des Morts allaient se refermer d'un moment à l'autre! Minjun n'en pouvait plus d'inquiétude.

— Qu'est-ce que je vais faire? se lamenta-t-il en balayant du regard l'étendue neigeuse.

Soudain, une violente rafale de vent venue de la gauche les frappa en plein vol. L'Oiseau de Feu, déséquilibré, pencha dangereusement sur le côté et Minjun faillit basculer par-dessus bord et être emporté par la bourrasque.

Une voix tonitruante retentit au-dessus de leurs têtes:

— Hummm! Ça fait longtemps que je n'ai pas senti cette odeur de soleil!

Ebahi, Minjun sursauta. Il leva la tête. Deux yeux grands comme des étangs le fixaient. Heureusement, malgré leur taille, ils semblaient remplis de bonté.

Oups!

Minjun ressentit de nouveau une violente secousse. Cette fois-ci, un fort coup de vent avait surgi de la droite. L'Oiseau de Feu, ballotté par la bourrasque, fut déporté vers la gauche puis, reprenant son équilibre, fit demi-tour. Maintenant qu'ils s'étaient un peu éloignés, Minjun s'aperçut enfin que ces deux yeux appartenaient à la tête du dragon, grosse comme une montagne. Et les rafales de vent qui avaient failli les renverser n'étaient rien d'autre que le souffle puissant qui sortait de ses naseaux.

— A ton odeur de soleil, tu dois être un enfant vivant. Mais qu'est-ce qu'un enfant vivant vient faire par ici ?

La voix du dragon était si puissante et si profonde que Minjun sentit son estomac se retourner.

— Je suis venu chercher Sena et Mot-d'Amour ! cria-t-il à pleins poumons.

— Sena et Mot-d'Amour ? Les noms ne servent à rien ici. C'est le Pays de l'Oubli. Dès qu'on y entre, on oublie son nom.

— Comment vais-je les retrouver, alors ?

— Voyons... je crois que j'ai une idée, répondit le Dragon-Candélabre avec un sourire.

— Oui ?

— Je vais te raconter une histoire. Si tu m'écoutes jusqu'à la fin, je te donnerai la solution. Ça fait si longtemps que je n'ai pas parlé avec quelqu'un ! On ne peut pas dialoguer avec les âmes des morts, tu sais.

— Oui, mais...

Minjun commençait à s'impatienter. Les portes du Royaume des Morts allaient bientôt se refermer. Il n'avait pas la tête à écouter tranquillement l'histoire du Dragon-Candélabre. Il avait autre chose à faire, tout de même !

— Nous n'avons pas le temps, reprit-il. Il faut à tout prix qu'on sorte d'ici avant la fin de l'éclipse... Les portes du Royaume des Morts sont peut-être déjà en train de se refermer.

Minjun tripotait nerveusement les plumes de l'oiseau entre ses doigts.

— Pas le temps ? répéta le dragon en clignant des yeux comme s'il entendait ce mot pour la première fois.

Il hocha la tête et ajouta, le regard perdu au loin :

— Ah oui, le temps ! J'avais presque oublié ce mot. Mais je me souviens maintenant. Tu n'as pas besoin de t'inquiéter pour ça. Ici, nous sommes dans un pays hors du temps, où il n'y a ni commencement ni fin. Dans le Pays du Feu, au-delà de la vague de glace, et même dans la plaine balayée par le blizzard, le temps s'écoule normalement, mais pas ici. Tant que tu es ici, le temps s'arrête.

— Vraiment ? répondit Minjun avec un sourire soulagé. Dans ce cas, je veux bien vous écouter. En fait, j'adore les histoires d'autrefois.

— Tu vas voir, je suis sûr que celle-ci va te plaire.

Le visage du dragon s'éclaira. Il avait l'air heureux comme un enfant. Jusqu'aux flammes de ses chandelles qui jetèrent un éclat plus vif !

— Il y a longtemps, très longtemps, cet endroit n'était pas aussi froid et sombre qu'aujourd'hui. Le soleil, la lune et les étoiles resplendissaient. Partout poussaient des arbres et des plantes à foison. Et toutes sortes d'animaux gambadaient et vivaient heureux et insouciants.

— C'était vraiment comme ça, ici ? s'étonna Minjun qui n'en croyait pas ses oreilles.

— Oui, c'était l'époque où le dieu du Nord, l'un des seigneurs célestes, était chargé de diriger le monde terrestre. A l'origine, c'était le travail du dieu du Centre de surveiller le monde. Mais une guerre terrible avait éclaté entre les dieux et les humains. Une guerre si atroce que tout le monde avait été obligé de se ranger dans un camp ou dans l'autre. Les demi-dieux, les esprits de toutes formes et de toutes tailles, et même les dragons et les bêtes sauvages, tous s'étaient battus férocement. Pour finir, les dieux avaient remporté la victoire, mais le dieu du Centre s'était retrouvé si épuisé et dégoûté du monde terrestre qu'il avait décidé de se reposer un peu, et avait confié le soin de diriger le monde au dieu du Nord.

— Que s'est-il passé ensuite ?

— Après la guerre qu'il venait de mener, le dieu du Nord se montra impitoyable. Il gouverna d'une main de fer. Pour empêcher qu'éclate une nouvelle révolte parmi les humains et les demi-dieux, il commença par supprimer l'échelle qui reliait la terre et le ciel. Auparavant, les dieux et les humains utilisaient cette échelle pour circuler librement d'un monde à l'autre. C'était comme cela que les humains et les demi-dieux avaient pu fomenter une rébellion contre les dieux.

— Une échelle entre le ciel et la terre ? Ça devait être génial !

— Dans un certain sens, la disparition de cette échelle est plutôt regrettable. Le monde est devenu ennuyeux. Ensuite, le dieu du Nord déplaça l'ensemble du soleil, de la lune et des étoiles dans sa partie du ciel. C'est ainsi que cet endroit devint si lumineux.

— Mais pourquoi est-il si froid et sombre maintenant ?

— En emportant tous ces corps célestes chez lui, le dieu du Nord avait dépassé les bornes. Il était allé trop loin. L'endroit était nuit et jour magnifiquement éclairé, mais le reste du monde était plongé dans l'obscurité. Ce qui ne manqua pas de provoquer la colère et la révolte des humains et des dieux qui vivaient ailleurs. Forcément ! Le dieu de la Mer, surtout, était très fâché, car son corps s'était congelé comme une croquette de poisson pané.

— C'est ce qu'on appelle une période glaciaire ?

— Une période glaciaire ? Je ne connais pas ces mots. Quoi qu'il en soit, Gong Gong, le dieu de la Mer, à bout de patience, se rebella. Une bataille s'engagea entre le dieu du Nord et Gong Gong, si féroce qu'il était difficile de deviner qui en sortirait vainqueur. Le combat débuta dans le ciel, se déplaça sur terre, puis arriva au pied du mont Buju. Mais il semblait ne jamais devoir finir. Gong Gong, qui avait un fort mauvais caractère, entra dans une colère noire et donna un violent coup de tête contre le mont Buju. Il cogna si fort que la montagne se brisa en deux. Or, le mont Buju était l'un des quatre piliers qui soutenaient le ciel. Alors, qu'arriva-t-il au ciel, à ton avis ?

— Il a basculé ?

— Exactement. Comme le ciel penchait sur le côté, le soleil, la lune et les étoiles dans le ciel ont roulé dans tous les sens. Et voilà pourquoi cet endroit est devenu si noir et si froid.

— C'est tout ? demanda Minjun, l'air déçu que l'histoire soit déjà terminée.

— Non, ce n'est pas fini.

Le dragon sourit et poursuivit son récit.

— Le dieu du Nord regrettait beaucoup l'absence du soleil, de la lune et des étoiles dans son ciel. Il alla chercher quelques rayons de lumière solaire et s'en servit pour faire pousser des arbres dans le Pays du Feu. Ensuite, il prit de la lumière des étoiles pour fabriquer les chandelles que je porte. Enfin, il détacha un peu de clair de lune et en fit l'instrument de musique brillant que tu vois sur mon dos. Les âmes des morts ne supportent pas les rayons trop éblouissants du soleil. Elles viennent donc ici, attirées par la douce musique de cet instrument. Puis elles plongent dans un sommeil éternel. Quand le moment de renaître approche, chaque âme part pour le Pays du Feu, en laissant ici tous les souvenirs de sa vie passée.

— Le Pays du Feu est donc un endroit où les âmes attendent de renaître ?

— On peut le dire comme ça. Voilà, mon histoire est terminée. Elle t'a plu ?

— Oui, beaucoup.

Le dragon, heureux de voir Minjun si satisfait, eut un grand sourire.

— Comme tu m'as écouté jusqu'au bout, je vais tenir ma promesse. Si tu veux retrouver une âme, c'est très simple. Il suffit de réciter à haute voix la phrase que cette âme souhaite le plus entendre.

LA BATAILLE DE LA GROTTE DES OMBRES

Hors d'haleine, Mandragore, Viking et Lynx se défendaient farouchement. Les chats-ombres avaient beau n'être que des combattants inexpérimentés, ils avaient l'avantage du nombre. De tous les recoins de la grotte obscure, d'innombrables paires d'yeux jaunes flamboyants fixaient nos trois héros. Des serpents noirs, jaillis de partout à la fois, les assaillaient sans répit. Mandragore et ses compagnons avaient bien du mal à maîtriser la situation.

— Je n'en peux plus ! cria Lynx à bout de souffle.

Mandragore lui jeta un regard de biais. Lynx bondissait d'un côté et de l'autre, comme un gardien de but qui essaie d'arrêter des tirs répétés. Il semblait si exténué qu'il n'allait sûrement pas tarder à s'écrouler. Quant à Viking, il semblait aussi mal en point que son camarade.

C'est alors que, profitant de son moment d'inattention, une multitude de chats-ombres s'abattirent tous ensemble sur Mandragore. Il tomba à la renverse avec un bruit sourd. Crac ! Le pendentif accroché à son cou heurta un rocher et se brisa.

— Oh non, mon cristal !

Mandragore repoussa violemment ses adversaires et tendit la patte pour ramasser les morceaux de sa pierre.

— Oho !

Pop ! Le gamin jaillit du cristal cassé, avec un bruit de bulle qui éclate.

Bien qu'à moitié assommé, Mandragore se réjouit de l'apparition de son petit compagnon.

— Ah, te voilà !

— Je commençais à étouffer dans cette pierre endormie, répondit le petit bonhomme en s'étirant avec un grand bâillement.

Pendant ce temps, délaissant Mandragore, les chats-ombres s'étaient précipités sur les corps inanimés de Minjun et de Brin-d'Osier, qui se tenaient debout, pétrifiés, comme un couple d'épouvantails.

— Fais quelque chose ! hurla Mandragore au gamin.

Avec un « Oho ! », celui-ci bondit et se rua sur les chats-ombres.

Quelle force herculéenne il possédait, ce ginseng sauvage millénaire ! Les uns après les autres, il entreprit de lancer en l'air tous les chats-ombres qui lui tombaient sous la main, comme s'il s'amusait à jongler avec des balles de tennis. Certains firent des sauts périlleux en l'air et retombèrent sur leurs pattes, mais la plupart s'écrasèrent sur les rochers, incapables de se relever.

— C'est trop drôle de se battre ! s'exclama le petit bonhomme.

Il se sentait de plus en plus fort. Avec un sourire jusqu'aux oreilles, il se débarrassait un à un de ses adversaires qui se jetaient sur lui en un flot ininterrompu. Complètement démoralisés, les chats-ombres finirent par reculer et encerclèrent à distance Mandragore et ses compagnons, guettant une nouvelle occasion d'attaquer. Mandragore, Viking et Lynx en profitèrent pour reprendre leur souffle.

— Oho ?

Intrigué, le gamin regarda les chats-ombres qui hésitaient. Pourquoi s'étaient-ils arrêtés ? semblait-il se demander. Il s'avança vers eux. Nerveux, ils reculèrent d'un pas.

— Oho !

Le galopin sauta sur le ventre d'un chat-ombre tombé à terre.

— Arrête, Gamin ! s'écria Mandragore, les sourcils froncés, pensant que le petit allait tuer son ennemi.

— Je m'ennuie. Oho ! S'ils restent par terre, ce n'est plus marrant !

Une lueur verdâtre sortit de son corps et pénétra dans celui de sa victime. Et là, miracle ! le chat-ombre retrouva aussitôt toute son énergie et, en un clin d'œil, se remit sur ses pattes.

— Quel petit imbécile ! grommela Lynx. Qu'est-ce qui lui a pris de faire ça ? C'est malin ! Maintenant, le chat-ombre va pouvoir repasser à l'attaque. Ce gamin me rappelle un chat que je connais...

— Quoi ? s'écria Mandragore en fusillant Lynx du regard. De qui tu parles, là ?

Avant que Lynx n'ait eu le temps de répliquer, un hurlement sinistre retentit et l'ombre noire d'un loup jaillit comme une flèche du fond de la caverne obscure. C'était Ali-Baba qui avait poursuivi Minjun et Brin-d'Osier jusqu'aux portes du Royaume des Morts. Le loup se jeta sur les corps rigides de Minjun, Brin-d'Osier, Sena et Mot-d'Amour, comme s'il voulait n'en faire qu'une bouchée.

— Non !

Viking et Lynx se précipitèrent pour tenter de l'en empêcher. Mais le grand loup planta férocement ses crocs dans le corps de Viking et ses griffes acérées dans celui de Lynx. Sous la violence du choc, Minjun, Sena, Brin-d'Osier et Mot-d'Amour tombèrent en arrière et roulèrent sur le côté.

Ali-Baba repoussa Viking et Lynx, comme on chasse des moustiques agaçants. Les deux chats s'affalèrent et restèrent sur le sol, cloués sur place. Ali-Baba était pressé. Il n'avait pas une

seconde à perdre ! Il devait absolument en finir avant le retour de Machen et des âmes de Minjun et Brin-d'Osier. Avec un hurlement terrifiant, il fonça vers les quatre corps renversés à terre.

— *Bihi ! Bihi ! Bihi !* récita instinctivement Mandragore.

Comme Pilastre le lui avait appris, il dessina un cercle dans l'air et pointa sa patte vers Ali-Baba. Ce dernier se figea instantanément, comme emprisonné dans une bulle transparente. Il fit appel à tous ses pouvoirs pour se libérer. Mais rien à faire ! Il ne pouvait bouger d'une griffe. Mandragore tenait ses deux pattes

de devant arrondies au-dessus de sa tête, le pelage trempé de sueur par l'effort. Au bout de quelques secondes, l'effet de la formule magique épuisé, Mandragore tomba à la renverse.

Du coup, Ali-Baba bascula en avant, la gueule grande ouverte, prêt à mordre Minjun dans le cou. Mais ses mâchoires se refermèrent avec un claquement sec... dans le vide! Vif comme l'éclair, le petit bonhomme l'avait attrapé par la queue et le tirait en arrière.

Ali-Baba était furieux. Il fallait à tout prix qu'il achève ces quatre corps inertes. Au moins un! se disait-il, fou de rage. Mais chaque fois qu'il essayait, un obstacle se mettait en travers

de sa route ! Avec un hurlement à vous glacer le sang, il fit volte-face et se jeta sur le petit bonhomme. Cette fois-ci, ce fut Mandragore qui s'élança de toutes ses forces pour lui flanquer un grand coup de tête dans les côtes. Mais hélas ! son gamin et lui ne faisaient pas le poids contre un adversaire comme Ali-Baba. Ils s'affalèrent de tout leur long.

Ali-Baba se retourna vers Minjun et Sena. Mandragore et le petit se relèvent péniblement et tentèrent encore une fois de s'interposer.

C'est à ce moment qu'ils entendirent le cri perçant d'un faucon au-dessus de leur tête. L'oiseau géant, les serres grandes ouvertes, fondit sur le loup. Le fauve recula d'un bond pour éviter l'assaut, et reprit sa forme originale. Le faucon se posa sur le sol et se transforma à son tour. Il redevint Machen, le chat pèlerin.

— Bien joué, Mandragore ! s'exclama-t-il avec un sourire satisfait.

Mandragore eut un air réjoui.

— Ce n'était pas la peine de revenir, grogna Ali-Baba. Les portes du Royaume des Morts ont déjà commencé à se refermer. Comment crois-tu que tes petits protégés vont réussir à en sortir ? Surtout si, par malheur, l'un d'eux se faisait piquer par un insecte venimeux !

Malgré sa feinte assurance, Ali-Baba n'en menait pas large. A tout moment, le Chat-Soleil et la Chatte-Terre pouvaient franchir les portes du Royaume des Morts, grâce à l'Oiseau de Feu. Bien sûr, il aurait pu empêcher cela en supprimant l'un des quatre corps sans âme. Mais pas facile quand on avait affaire à des adversaires aussi coriaces !

La mine farouche, Ali-Baba récita une formule magique. Et aussitôt les chats-ombres se désintégrèrent en une multitude de petits points qui, transformés en araignées venimeuses, scorpions et autres insectes mortels, se mirent à grouiller en rampant vers leurs victimes.

— Mais je rêve ! s'écria Machen ébahi. Comment ose-t-il se servir d'une formule magique aussi dangereuse ?

En effet, le tour de magie d'Ali-Baba était extrêmement hasardeux et ne devait sous aucun prétexte être utilisé à tort et à travers. Car il y avait toujours le risque que les chats-ombres transformés en insectes venimeux ne puissent pas retrouver leur forme originelle. Quelle horreur ce serait alors !

Machen ne fit ni une ni deux. Il se métamorphosa de nouveau en faucon géant et battit violemment des ailes pour créer une puissante bourrasque. La vermine grouillante fut projetée aux quatre coins de la grotte. D'un geste de la main, le petit bonhomme balaya tranquillement les insectes qui s'étaient accrochés à lui, complètement indifférent à leur morsure.

— Beurk ! fit Mandragore en reculant avec un frisson. Je déteste ces bestioles !

Une nuée d'insectes se dirigeait vers les pieds de Minjun et Brin-d'Osier.

— *Akongkagua agukakonga!* proféra Mandragore tout en se grattant l'oreille gauche de sa patte arrière.

Son corps devint sur-le-champ aussi gros qu'un rocher. Il ferma les yeux et piétina de ses pattes énormes les insectes fourmillant sur le sol. Et comme les coussinets de ses pattes avaient épaissi dans la même proportion que son corps, les insectes eurent beau essayer de le piquer, il ne s'en aperçut même pas !

Pourtant, malgré tous ses efforts, Mandragore avait bien du mal à se débarrasser de cet essaim de bestioles qui pullulaient autour de lui. Des araignées avaient grimpé jusqu'à la voûte de la grotte et se laissaient redescendre le long des fils qui pendaient de leurs toiles, plongeant vers Minjun et ses compagnons. Heureusement, le faucon arriva à la rescousse et donna un grand coup d'aile dans leur direction. Les araignées, emportées par le courant d'air, manquèrent leur cible. Mais, par malheur, l'une d'elles avait réussi à s'accrocher au bout de son fil qui se balançait de droite et de gauche. Elle se laissa retomber sur l'une des pattes de Brin-d'Osier.

— Oh, non !

D'un grand coup de queue, Mandragore chassa l'araignée. Mais trop tard ! le visage de Brin-d'Osier, piqué par l'insecte, devenait peu à peu tout bleu. Ni Machen ni Mandragore ni le

petit bonhomme ne pouvaient plus rien pour lui. Pendant ce temps, sans leur laisser le temps de souffler, les insectes continuaient d'arriver, toujours plus nombreux.

Je serai dans tes yeux pour toujours

Minjun fouillait dans sa mémoire pour retrouver la phrase que Sena aimerait entendre plus que toute autre. Soudain, il cria à pleins poumons :

— Je te sauverai des ténèbres ! Je te sauverai des ténèbres !

Alors, au milieu des douces lumières multicolores, une lueur blanche jeta un éclat plus vif et se mit à scintiller de plus en plus fort.

— Tu vois, là-bas, la lumière qui brille plus que les autres ? fit remarquer le dragon. C'est là que se trouve l'âme que tu cherches. Vas-y et ramène-la.

Le dragon avait à peine terminé sa phrase que l'Oiseau de Feu descendait en piqué vers le sol et atterrissait sur la plaine enneigée. Les flocons de neige saupoudrés sur la lumière blanche s'envolèrent sous le souffle d'air provoqué par les ailes de l'oiseau. Et là, dans cette lueur, baignaient Sena et Mot-d'Amour. En s'approchant, ils s'aperçurent que la clarté qui les enveloppait émanait de leurs cœurs.

Coâc ! L'Oiseau de Feu saisit Sena et Mot-d'Amour avec son bec, les déposa sur son dos et, sans attendre, reprit son vol.

— Sena ! Sena !

Minjun avait beau la secouer, la petite fille n'ouvrait pas les yeux. La lumière dégagée par son cœur faiblissait.

— Mot-d'Amour ! Mot-d'Amour !

Mais elle non plus ne réagissait pas.

— Répète ta phrase de tout à l'heure ! ordonna le dragon d'une voix tonnante au-dessus de leur tête.

— Je te sauverai des ténèbres ! Je te sauverai des ténèbres ! chuchota Minjun à l'oreille de Sena.

La lueur blanche se remit à briller, et Sena ouvrit enfin les yeux. Elle sourit doucement. A son tour, Mot-d'Amour ouvrit les paupières et s'étira.

— Je serai dans tes yeux pour toujours, murmura Sena en regardant Minjun dans les yeux.

Et comme par miracle, la poitrine de Minjun se mit à émettre, elle aussi, une lumière blanche.

— Il faut partir maintenant, dit le dragon. La tempête de neige se fait de plus en plus violente. On dirait que quelqu'un cherche à vous empêcher de sortir. N'oubliez pas que le temps

recommencera à s'écouler dès que vous aurez remis les pieds dans la plaine enneigée. Vous devrez la traverser aussi vite que possible. Je vous pousserai en soufflant par mes naseaux. Allez, bonne route !

Dès qu'il eut achevé sa phrase, une violente bourrasque propulsa l'Oiseau de Feu à travers le blizzard. En un clin d'œil, ils se retrouvèrent couverts de neige. Mais bientôt, à cause du froid glacial, l'oiseau ne tarda pas à perdre ses forces et à rapetisser.

— Courage, Oiseau-de-Feu ! cria Minjun tout en frottant l'un contre l'autre les deux morceaux de branche qu'il avait rapportés du Pays du Feu.

L'oiseau reprit sa taille normale et poursuivit bravement son vol à travers les rafales de neige. Ils volèrent ainsi pendant des minutes ou des heures, ils avaient perdu le compte du temps. La tempête se calma peu à peu. Au loin, ils aperçurent de grandes portes.

— Voilà les portes du Royaume des Morts ! Elles sont en train de se refermer !

Une minute de plus et l'oiseau ne pourra plus passer ! songea Minjun avec effroi.

— Plus vite ! cria-t-il en frottant de plus belle les morceaux de bois.

L'oiseau accéléra. Enfin, les portes du Royaume des Morts se dressèrent de toute leur masse devant eux, pareilles à une énorme falaise.

— On va s'écraser en plein dedans ! hurla Mot-d'Amour, prise de panique.

Minjun cessa aussitôt de frotter les bouts de bois. L'Oiseau de Feu diminua à vue d'œil et ses contours devinrent flous, puis disparurent complètement quand ils franchirent de justesse les portes qui se refermèrent derrière eux avec un claquement sinistre. Minjun et ses compagnons flottèrent encore un moment dans l'air avant de retomber sur le sol. Ouf, ils l'avaient échappé belle !

Minjun fut soudain comme aveuglé par une lumière vive. Il eut l'impression que sa tête se vidait, qu'il était aspiré par une force mystérieuse.

Tandis que Machen et Mandragore se battaient de toutes leurs forces contre les insectes venimeux, ils virent soudain quatre lueurs blanches venues du fond de la grotte s'avancer vers eux, laissant dans leur sillage une longue traînée lumineuse. Mandragore les fixa, les yeux écarquillés. Les lumières pénétrèrent dans la poitrine de chacun des corps inanimés sur le sol.

L'instant d'après, Minjun, Sena et Mot-d'Amour ouvraient les yeux et se redressaient, comme s'ils s'éveillaient d'un long

sommeil. Mais Brin-d'Osier, toujours inconscient, gémissait de douleur.

— Oho !

Le petit bonhomme, les yeux ronds de surprise, dévisagea Minjun et Sena. De son côté, Ali-Baba observait attentivement Minjun, avec une moue de dépit.

— Pas mal pour des mômes ! grogna-t-il. Je vois que vous avez réussi à sortir du Royaume des Morts. Mais si vous n'avez pas ramené l'Oiseau de Feu, tout ça n'aura servi à rien.

Et sur ces mots, il éclata d'un grand rire.

— Minjun, qu'as-tu fait de l'Oiseau de Feu ? demanda Machen, inquiet. Que lui est-il arrivé ?

Secouant la tête, Minjun reprit peu à peu ses esprits. Il regarda ses mains. Elles tenaient encore les deux morceaux de branche qu'il avait ramassés dans le Pays du Feu. Il respira un grand coup et entreprit de les frotter l'un contre l'autre. Tous le regardaient en retenant leur souffle. Bientôt, la petite silhouette floue de l'Oiseau de Feu apparut et se mit à grandir, de plus en plus distincte. Ali-Baba recula pas à pas, la gueule béante de stupéfaction.

Dès que la lumière rouge projetée par l'Oiseau de Feu atteignit les insectes, ils s'évanouirent sans laisser de trace. Lorsqu'elle tomba sur Brin-d'Osier toujours gémissant, celui-ci se releva d'un seul coup, comme si de rien n'était.

Puis une chose encore plus étrange se produisit : quand la lumière rouge toucha la poitrine de Minjun et de Sena, des formes vagues s'en échappèrent, qui ressemblaient à des chats blancs tigrés. Le chat qui sortit de Minjun entra dans le cristal de Brin-d'Osier comme une fumée, tandis que la chatte venant de Sena pénétrait dans le pendentif de Mot-d'Amour. Les pierres de Brin-d'Osier et de Mot-d'Amour scintillèrent d'un vif éclat blanc, en émettant un son cristallin.

— Waouh ! Que c'est beau ! s'écria Mot-d'Amour en caressant son cristal.

Sena retrouve la parole

— Nous voilà revenus chez Sena ! s'étonna Mot-d'Amour.

Et en effet, sans savoir compris comment, ils étaient de retour dans la maison de Sena. Quant à la grotte aux roches grises, elle avait disparu. Ali-Baba et les chats-ombres aussi. Ils avaient dû s'éclipser sans se faire remarquer. Bon débarras !

Un rayon de soleil s'infiltrait par la porte-fenêtre du séjour. L'éclipse solaire était terminée. Ils regardèrent autour d'eux d'un air hébété.

— Oho !

Le petit bonhomme se dirigea vers le coin du séjour où Viking et Lynx étaient affalés, immobiles. Il leur grimpa sur le ventre et leur insuffla un peu de lumière verte. Tous le regardaient faire avec inquiétude.

— Minjun et Brin-d'Osier, vous pouvez remercier Viking et Lynx, déclara Mandragore.

— Pourquoi ? demanda Mot-d'Amour, les yeux ronds.

— Il a raison, intervint Machen, en hochant la tête. Sans Viking et Lynx, toute cette aventure se serait très mal terminée.

Et Machen de raconter comment Viking et Lynx s'étaient fait mordre par Ali-Baba.

— Que s'est-il passé ? demanda Lynx d'une voix faible en ouvrant les yeux.

Il jeta un regard autour de lui.

— Nous avons réussi, et c'est grâce à toi ! dit Brin-d'Osier.

Il s'approcha de Lynx et frotta affectueusement sa truffe contre la sienne.

A son tour, Viking ouvrit péniblement les yeux et se redressa d'un bond.

— Nous avons réussi ? répéta-t-il. Nous avons battu Ali-Baba ?

— Oui, répondit Mot-d'Amour, nous avons vaincu Ali-Baba et nous avons ramené le Chat-Soleil et la Chatte-Terre du Royaume des Morts.

C'est alors que la mère de Sena, réveillée par le bruit, sortit de sa chambre.

— Que se passe-t-il ici ? demanda-t-elle à Minjun, en regardant tour à tour chacun des chats.

— Oh, rien ! Je jouais avec les chats, répondit Minjun d'un air innocent.

— Maman, où est Clochette ? voulut savoir Sena.

— Elle est dans ma cham... hein ?

Eberluée, la mère de Sena n'acheva pas sa phrase. Elle se contenta de dévisager sa petite fille, la bouche grande ouverte. Minjun, à son tour, la fixa, époustouflé.

— Sena... elle a parlé !...

Ce n'est qu'à cet instant précis que tous se rendirent compte du prodige. Ils observèrent Sena avec curiosité.

— Clochette ! Clochette ! appela Sena, en entrant dans la chambre comme si de rien n'était.

La mère de Sena, les yeux mouillés de larmes, se tourna vers Minjun :

— Ma petite Sena a parlé ! Minjun, tu l'as entendue ? Elle a parlé... Comment est-ce possible ? Il s'est passé quelque chose ?

— Eh bien, je ne sais pas trop, répondit Minjun, évasif, en évitant son regard. J'étais en train de jouer avec elle...

Sena revint de la chambre, Clochette dans ses bras. Sa mère la serra contre elle.

— Sena !

— Aïe ! Tu me fais mal, maman !

Sena semblait complètement ignorer que, la veille encore, elle ne prononçait pas un mot, enfermée dans son autisme. Elle essaya de se dégager des bras de sa mère.

— Merci, merci de tout mon cœur ! dit sa mère, en larmes.

— Pourquoi tu pleures, maman ? demanda Sena en scrutant le visage de sa mère.

— Ce n'est rien... Je vais téléphoner à ta tante.

Et elle s'apprêta à regagner sa chambre. Mais prise d'un doute soudain, elle se retourna vers sa fille.

— Sena, regarde-moi.

— Oui, pourquoi ?

— Non, non, rien...

S'étant assurée qu'elle n'avait pas rêvé en croyant entendre la voix de sa petite fille, elle entra dans sa chambre.

Mandragore, le petit bonhomme sur son dos, se releva et annonça :

— Je vais aller dormir un peu dans la cour, avec le gamin.

— Pourquoi sortir ? fit Minjun. Tu peux dormir ici.

— Merci, mais le gamin est fatigué. Il faut que je lui fasse puiser un peu d'énergie de la terre. Bien sûr, ce n'est pas l'air de la montagne, mais c'est mieux que rien...

Minjun lui ouvrit la porte du séjour.

— Nous ferions bien d'aller tous dormir dehors, dit Machen en emboîtant le pas à Mandragore. Je sens que la mère de Sena va faire venir une foule d'humains chez elle...

Brin-d'Osier, Mot-d'Amour, Viking et Lynx le suivirent en bâillant. Rien qu'à les voir, Minjun se sentait lui aussi gagné par le sommeil.

— Au fait, pourquoi tu portes le gamin sur ton dos ? demanda Brin-d'Osier d'une voix somnolente.

— Je suis tombé en me battant contre les chats-ombres et ma pierre de cristal s'est cassée, répondit Mandragore d'une voix tristounette.

— Ne t'inquiète pas. Quand nous serons rentrés, le professeur Barbu t'en donnera une autre.

— Sena ! appela Minjun à moitié endormi. Tu ne te rappelles vraiment pas comment tu étais avant ?

Mais Sena, allongée dans le séjour, s'était déjà assoupie, Clochette dans ses bras.

— Elle doit être fatiguée, avec tout ce qui s'est passé ! murmura Minjun pour lui-même. Et tout est arrivé si vite !

Il s'allongea. Ses paupières se fermaient toutes seules.

— Comment se fait-il que Sena reparle ? Est-ce que parce que la Chatte-Terre a quitté son corps ? Elle est redevenue comme les autres enfants ? J'espère que c'est ça...

Et Minjun sombra dans un profond sommeil.

— Pauvres petits ! Ils se sont endormis à même le sol ! s'exclama la mère de Sena en sortant de sa chambre quelques instants plus tard.

Elle s'assit près de sa fille et contempla son visage, tout en caressant ses petites mains. La petite devait être en train de rêver. Ses lèvres dessinaient un léger sourire et l'instant d'après elle plissait le front. Sena avait parlé ! Sa mère n'en revenait toujours pas. Tout cela semblait trop beau pour être vrai ! Elle avait peut-être eu une hallucination ?

— C'est vrai, grande sœur ? demanda la tante de Sena dès qu'elle eut franchi la porte d'entrée. Notre Sena a vraiment parlé ?

— Chut ! Ils dorment !

— Oui, oui, mais réponds-moi, insista la tante à voix basse en venant s'asseoir près de Sena.

La mère avait enfin recouvré son calme. Elle répondit d'une voix sereine :

— J'ai encore du mal à le croire. J'ai l'impression d'avoir rêvé. Aide-moi, nous allons mettre les enfants dans la chambre. La mère de Minjun ne va pas tarder...

Et sur ces mots, elle prit Sena dans ses bras et se releva.

— Oh, qu'est-ce qu'il est lourd ! s'exclama la tante qui s'était chargée de Minjun.

Comme elles allaient ressortir de la chambre après avoir couché les enfants, elles entendirent Sena appeler sa mère dans son rêve.

— Maman !...

La tante, n'en croyant pas ses oreilles, s'assit et dévisagea la petite fille, les yeux ronds de surprise.

— Elle a parlé !... Tu as toujours voulu entendre Sena t'appeler maman, n'est-ce pas, grande sœur ? C'était ton vœu le plus cher, non ? Eh bien, voilà, c'est arrivé !

La voix de la tante était émue, ses yeux humides brillaient.

— C'est vrai, mon vœu a été exaucé, murmura la mère de Sena comme pour se convaincre elle-même. Ce n'était pas un rêve.

Elle regarda sa jeune sœur, les yeux remplis de larmes.

— Il y a quelqu'un ? dit tout à coup une voix.

C'était la mère de Minjun.

Les deux femmes s'essuyèrent furtivement les yeux avant de sortir pour l'accueillir.

— Entrez, je vous en prie ! Oh, mais il ne fallait pas...

La mère de Minjun et Nayeong arrivaient, les bras chargés de gâteaux et de fruits.

— Si Sena a retrouvé la parole, il faut fêter ça ! dit la mère de Minjun avec un joyeux sourire. Mais où est-elle ?

— Je l'ai couchée dans sa chambre, avec Minjun. Ils s'étaient endormis. Merci pour tout ce que vous avez apporté, c'est gentil !

Les deux sœurs emportèrent les fruits dans la cuisine pour les peler. La mère de Minjun les suivit.

Nayeong entra dans la chambre où dormaient Minjun et Sena. Elle pinça le nez de son petit frère profondément endormi.

— Aïe ! Qu'est-ce que c'est ? couina-t-il dans un demi-sommeil.

Il se redressa, agacé.

— Comment c'est arrivé ?

— Quoi ? bougonna Minjun en regardant sa sœur, les paupières encore lourdes.

— Il est arrivé quelque chose pendant l'éclipse ? le pressa Nayeong, un brin vexée d'avoir été exclue de l'aventure. Je veux dire, qu'a-t-il pu se passer pour que Sena se remette à parler ?

— Les portes du Royaume des Morts se sont ouvertes.

— Le Royaume des Morts ?

— Oui, comme ça, on a pu entrer.

— Vraiment ? Et ensuite ? insista Nayeong fermement décidée à asticoter son frère jusqu'à ce qu'il lui ait raconté toute l'histoire.

Voyant sa sœur trépigner d'impatience, Minjun, avec un petit sourire taquin, décida de se faire prier.

— Je veux bien te raconter, mais il faut que tu me donnes quelque chose en échange. Parce que, tu sais, j'ai bien failli mourir !

Nayeong, avec une moue d'irritation, brandit son poing.

— Espèce de petit... !

— Si tu fais ça, je ne te dirai rien du tout ! rétorqua Minjun en pouffant.

— Quel sale gosse ! pesta Nayeong en riant. Bon, c'est d'accord. Je te devrai une faveur. Ça te va ?

Elle fit mine de lui donner un coup de poing.

Minjun commença son récit à partir du moment où Brin-d'Osier était revenu de l'Ecole des Chats pour le voir.

— Brin-d'Osier ? Il est revenu ?

— Oui, il doit être en train de dormir dans la cour en ce moment. Tu ne l'as pas vu ?

— Il y a tout un tas de chats qui dorment dehors. J'ai cru que c'étaient des chats de gouttière. Je ne les ai pas regardés de près... Enfin, bon, Brin-d'Osier est revenu. C'est tout ce qui compte !

— Comme tu dis ! Tu lui diras bonjour quand il se réveillera.

— Alors, continue. Que s'est-il passé ensuite ?

Minjun raconta ses aventures au Royaume des Morts, comment le Chat-Soleil et la Chatte-Terre étaient rentrés dans les cristaux de Brin-d'Osier et de Mot-d'Amour, et ainsi de suite.

— J'aurais bien voulu aller avec toi...

Nayeong regrettait terriblement d'avoir loupé une péripétie aussi passionnante.

— Kim Nayeong ! Tu es sourde, ou quoi ? tempêta la mère de Minjun en ouvrant la porte de la chambre.

C'était au moins la troisième fois qu'elle appelait sa fille, mais celle-ci, absorbée par le récit de Minjun, n'avait rien entendu.

— J'étais occupée... ronchonna Nayeong. Je parlais avec Minjun.

— Mon petit Minjun est réveillé ? Ça fait longtemps ?

La mère s'assit près de son fils et lui donna une petite tape affectueuse dans le dos. Elle semblait avoir complètement oublié qu'elle venait de gronder sa fille.

— Maman, c'est de la discrimination sexuelle, ce que tu fais là ! se plaignit Nayeong, la mine boudeuse.

Sa mère lui lança un regard de travers, puis, les yeux remplis de curiosité, demanda à Minjun :

— Qu'est-il donc arrivé, Minjun ? La maman de Sena m'a dit qu'elle s'était endormie et que pendant ce temps-là, Sena avait retrouvé la parole. Il a bien dû se passer quelque chose !

— Si je te le dis, tu ne me croiras pas, alors...

— Raconte toujours.

— L'âme de chat a quitté le corps de Sena. Je crois que c'est pour ça qu'elle reparle.

— Encore cette histoire à dormir debout ! s'exclama la mère de Minjun d'un air déçu.

— Tu vois ! Tu ne me crois pas !... Brin-d'Osier est dans la cour en ce moment, et ça non plus, tu ne le crois pas ?

Minjun gonfla les joues, l'air maussade. Sa mère se contenta de rire.

— Bon, j'ai compris ! Tu as rêvé que Brin-d'Osier était revenu te voir, c'est ça ?

LE PROFESSEUR KOTKAM A DISPARU

— Miaou !

En même temps que le miaulement, on entendit le grattement d'une patte griffue sur la vitre. Minjun leva la tête de son assiette et tourna son regard vers l'endroit d'où venait le bruit. C'était Pilastre qui grattait la porte-fenêtre coulissante du séjour. Sa mine inquiète en disait long : il avait dû arriver quelque chose de grave.

Minjun reposa sa cuillère et ouvrit la fenêtre.

— Qu'y a-t-il ? s'étonna-t-il.

— Qui est ce gros chat ? demanda Nayeong en caressant la tête de Pilastre.

— J'ai reçu un message urgent du directeur, fit Pilastre. Allez, viens, grouille-toi !

En entendant Pilastre parler, Nayeong fut si stupéfaite qu'elle en perdit l'équilibre et bascula en arrière.

— Mais je rêve ! s'exclama-t-elle, la bouche grande ouverte. Ce chat parle notre langue !

— Ce n'est pas lui qui parle le langage des humains, expliqua Minjun en se levant. Il se sert de la magie pour que nous le comprenions.

Minjun gagna la porte d'entrée et sortit dans la cour.

— Un tour de magie ? répéta Nayeong, l'air incrédule.

Décidée à n'en pas rater une miette cette fois, elle emboîta le pas à son frère.

— Oui, tu as bien compris. Mais ça ne marche pas avec les adultes.

Sena et Clochette les suivirent à leur tour. Dans un coin de la cour, les chats, qui étaient déjà tous réveillés, chuchotaient entre eux.

— Il est arrivé quelque chose de grave ? demanda Minjun en s'approchant.

— Oui, dit Brin-d'Osier en se tournant vers Minjun. Le professeur Kotkam a disparu.

— Le professeur Kotkam ? répéta Minjun, stupéfait.

— Waouh ! s'écria Nayeong, toute réjouie. Te revoilà, mon Brin-d'Osier ! C'est bien toi ?

D'un bond, Brin-d'Osier sauta joyeusement dans les bras de Nayeong.

— J'ai lu toutes tes lettres, tu sais, lui dit-elle en le serrant contre son cœur.

Mandragore, Viking et Lynx les regardaient avec envie. Comme ils auraient aimé, eux aussi, que quelqu'un les serre dans ses bras !

— Kotkam ? demanda Minjun. Ce n'est pas le professeur principal de la classe de l'Assemblée nocturne ? Vous dites qu'il a disparu ?

— Oui, répondit Pilastre. Et ce n'est pas tout ! Un peu partout, une chose étrange est en train de se produire chez les chats responsables des assemblées nocturnes.

— Quelle chose étrange ?

Minjun fixait Pilastre, intrigué.

— Ils se divisent en deux camps. Certains prétendent qu'ils ont reçu une lettre du professeur Kotkam disant que désormais les assemblées nocturnes doivent couper tous les ponts avec l'Ecole des Chats et n'obéir qu'à ses ordres.

— Quoi ? Couper les ponts avec l'Ecole des Chats ? s'étonna Minjun, l'air perplexe. Mais alors, ils seront vos ennemis !

— Le professeur Kotkam ne ferait jamais une chose pareille, s'indigna Pilastre en serrant les griffes. C'est sûrement un complot !

— En tout cas, le directeur avait raison, il faut agir vite ! déclara Machen. Brin-d'Osier et Mot-d'Amour, vous retournez immédiatement à l'école. Les autres, vous venez avec moi. Nous allons chercher Boîte-à-Lettres et faire le tour des assemblées nocturnes.

— Mais vous devez être fatigués, dit Nayeong en se redressant. Vous n'avez même pas eu le temps de vous reposer...

Attendez, je vais vous apporter quelque chose de bon à manger.

Comme Nayeong s'apprêtait à rentrer dans la maison, la tante de Sena en sortit, portant un plateau plein des restes du repas.

— Dites, les enfants, vous auriez pu au moins finir votre dîner avant de sortir, dit-elle. Vous aimez les chats à ce point ?

Les chats froncèrent leur nez chatouillé par l'odeur délicieuse du poisson. La tante de Sena disposa de vieilles assiettes ébréchées devant eux et y versa des miettes de poisson.

— Allez, les minets, dit-elle, régalez-vous !

Mandragore se précipita sur une écuelle, les yeux brillants de joie.

— Quel festin ! s'écria-t-il. Il reste plein de chair sur les arêtes !

Les chats, affamés, se mirent à dévorer avec appétit. Seule Clochette ne semblait pas intéressée par la nourriture. Elle se contentait de regarder fixement Mot-d'Amour d'un air triste.

— Il faut vraiment que tu repartes déjà, grande sœur ? demanda-t-elle. Ça fait si longtemps qu'on ne s'est pas vues.

— J'y suis obligée, répondit Mot-d'Amour. Il me reste des affaires importantes à régler. Mais dès que tout sera fini, nous pourrons nous revoir aussi souvent que nous le voudrons.

Et, sans cesser de mâcher, elle sourit à sa jeune sœur.

— Je crois que je ferais mieux de retourner à l'école avec Brin-d'Osier et Mot-d'Amour, décida Mandragore, en jetant un regard de regret sur les gamelles vides.

— Pourquoi ? lui demanda Viking.

— Mon cristal est cassé, répondit Mandragore, l'air abattu. C'est pour ça que je suis forcé de porter le gamin sur mon dos. De toute façon, il a besoin de puiser son énergie du sol de la montagne.

— C'est vrai, tu as raison, approuva Machen. Tu peux aller avec eux.

Brin-d'Osier, Mot-d'Amour et Mandragore se mirent en route.

— Attends une seconde, Brin-d'Osier, appela Viking comme ils franchissaient le portail. Lynx et moi avons un service à te demander...

— Quoi ? fit Brin-d'Osier en se retournant vers ses deux camarades.

— Les morceaux de branche que tu as rapportés du Pays du Feu... on pourrait les avoir ? J'ai comme l'impression qu'elles nous seront utiles pour retrouver Yggdrasil et l'arbre du soleil.

— Tu crois ? Dans ce cas, je veux bien vous les donner.

Brin-d'Osier revint sur ses pas et leur tendit les rameaux que Minjun lui avait confiés.

— Dès que vous serez à l'école, vous devrez absolument retrouver le professeur Kotkam, compris ? rappela Pilastre.

— Entendu, répondit Brin-d'Osier. De votre côté, avec Machen, il faut à tout prix que vous sauviez Boîte-à-Lettres. Retrouvons-nous tous à l'Ecole des Chats avant la nuit d'Apophis.

Les chats se dirent au revoir devant le portail. Minjun, Nayeong, Sena et Clochette les accompagnèrent jusqu'au bout de la ruelle.

— On ne se reverra probablement pas avant un bon moment, dit Minjun, une pointe de regret dans la voix. Ça va être long !

Nayeong et lui embrassèrent tristement Brin-d'Osier tandis que Sena serrait Mot-d'Amour dans ses bras. Les enfants sentaient un grand vide dans leur cœur. Ils saluèrent également les petits chats blancs nichés dans les cristaux de Brin-d'Osier et de Mot-d'Amour.

— Fais bien attention à ton gamin, Mandragore, conseilla Nayeong en embrassant le gros chat et son petit compagnon. Tu sais, les grandes personnes raffolent du ginseng sauvage millénaire. Elles sont capables de tout pour mettre la main dessus.

— Reviens vite, grande sœur, dit Clochette d'une voix pleine de chagrin, en frottant son nez contre celui de Mot-d'Amour.

— Ne t'inquiète pas, je serai bientôt de retour, je te le promets.

Brin-d'Osier, Mot-d'Amour et Mandragore se retournèrent à plusieurs reprises pour lancer des regards attristés vers la maison de Sena, puis ils disparurent au fond de la ruelle.

Minjun et ses amis regagnèrent le portail. Pilastre, qui les attendait, les arrêta :

— J'ai un service à vous demander.

— Oui, que veux-tu ?

— J'aimerais que vous me dessiniez un labyrinthe...

— Tu veux dire un dédale de chemins compliqués dont on n'arrive jamais à trouver la sortie ?

— Oui, c'est ça.

— Pour quoi faire ? demanda Nayeong, intriguée.

— Je pourrai m'en servir au moment où les chats-ombres attaqueront l'école.

— A quoi va te servir un dessin de labyrinthe ? voulut savoir Minjun.

— A mon avis, c'est pour cacher les élèves de l'école qui ne sont pas assez forts pour se battre, suggéra Viking, sans réfléchir.

— Non, rétorqua Pilastre vexé. Les élèves de l'Assemblée nocturne se dissimuleront dans le dessin et attendront l'arrivée des chats-ombres. Et quand ils entreront à leur tour, nous leur sauterons dessus.

— Pilastre a raison, approuva Lynx en lançant un clin d'œil à Viking. Nous nous sommes déjà entraînés pour ça, avant de quitter l'école, tu te rappelles ?

— Ah oui ! c'est vrai, convint Viking pour ne pas contrarier Pilastre. J'avais oublié.

— Mais comment allez-vous entrer dans le dessin ? interrogea Nayeong.

— Grâce à la magie de cristal, répondit Pilastre en relevant fièrement les épaules, toute mauvaise humeur envolée.

— Vous allez vous servir de la magie pour vous battre à l'intérieur d'un dessin ? s'exclama Minjun en se frappant la paume de la main de son poing serré. Quelle bonne idée ! Ça va être super !

— Tu le veux grand comment, ton tableau ? demanda sa sœur. La taille d'un planisphère, ça irait ?

— Oui, ce sera suffisant.

— Enfin, quelque chose d'amusant à faire ! s'exclama Nayeong, les yeux étincelants. Je commençais à m'ennuyer un peu...

Jusqu'ici, elle s'était plutôt sentie exclue de toutes les péripéties du monde des chats, et elle était ravie qu'on lui confie ce travail.

— Je pourrai t'aider, dis-moi ? supplia Sena.

— Bien sûr ! On ne sera pas trop de trois pour dessiner un si grand tableau.

Nayeong, Minjun et Sena échangèrent un grand sourire.

À la recherche de Boîte-à-Lettres

Machen, Viking, Lynx et Pilastre se tenaient devant le rocher qui se dressait sur le terrain vague, lieu habituel de l'Assemblée nocturne. Machen contempla l'océan de lumières qui s'étendait au pied de la colline.

— On ne doit pas chercher n'importe où au hasard, dit-il. Ça ne servirait à rien. Si nous voulons retrouver Boîte-à-Lettres, il nous faut d'abord réfléchir et élaborer un plan.

— Viking, dit Lynx, tu nous as bien dit qu'un jour tu étais allé dans une maison où vivait une tribu de chats-ombres ? Tu ne crois pas que Boîte-à-Lettres pourrait être enfermé là-bas, quelque part ?

— Possible ! répondit Viking avec un hochement de tête.

— Tu es allé dans le repaire des chats-ombres ? demanda Machen, surpris.

— Oui, c'était il y a longtemps. J'avais suivi Ali-Baba parce qu'il m'avait dit qu'il pouvait guérir mon petit frère malade.

Viking raconta ce qui lui était arrivé dans la fameuse maison.

— Tu te rappelles du chemin pour y arriver ? demanda Machen.

— Je pourrais peut-être le retrouver à partir de l'immeuble où Toto et moi vivions à ce moment-là. Mais je ne suis pas sûr de me rappeler où est cet immeuble...

Viking se gratta la tête.

— Pour ça, laisse-moi faire, claironna Pilastre d'un air fanfaron. D'après tes explications, je crois que j'arrive à peu près à deviner où se trouve ton ancien immeuble. Tous les chats qui dirigent des assemblées nocturnes connaissent très bien les différents quartiers. Souvent ils se réunissent entre eux et parlent de leurs territoires. Comme ça, ils sont capables de se repérer n'importe où.

— Ça tombe bien ! intervint Lynx. Tu n'as qu'à venir avec nous, Pilastre. Tu nous montreras le chemin.

— Je voudrais bien, mais c'est impossible.

— Pourquoi ?

— Parce que si les assemblés nocturnes se sont divisées en deux camps, répondit Pilastre, je ne peux pas m'absenter un seul jour.

Il regarda autour de lui les jeunes chats qui commençaient à arriver pour assister à l'assemblée nocturne.

— En effet, dit Machen, il vaut mieux que tu restes ici. Mais explique-nous comment trouver l'immeuble.

Pilastre pointa une patte vers la ville en contrebas et donna des détails précis sur la route à suivre.

— L'endroit a dû beaucoup changer depuis, dit Machen en se levant pour partir. Mais je crois savoir à peu près où c'est. Nous avons un long chemin à faire. Nous ferions bien de partir dès maintenant.

Comme Machen, Viking et Lynx descendaient la colline, Pilastre cria derrière eux :

— Il faut à tout prix que vous sauviez Boîte-à-Lettres !

— Tu peux compter sur nous !

La silhouette des trois chats se fondit dans l'ombre qui enveloppait le quartier résidentiel au bout du terrain vague.

L'immeuble où avaient vécu Viking et Toto se trouvait assez loin. Les chats empruntèrent une large avenue en direction de la rivière, au sud de la ville. La nuit tombait. A l'exception de quelques voitures qui fonçaient à toute vitesse sur la chaussée, la voie était presque déserte et ils ne croisèrent que de rares ivrognes. La route suivait un cours d'eau qui se jetait un peu plus loin dans la rivière.

— Qu'est-ce que c'est que cette odeur ? demanda Viking.

Comme ils approchaient de la rivière, une insupportable

puanteur d'égout leur irritait la truffe. On aurait dit que des tas de déchets alimentaires étaient en train de pourrir quelque part.

— Il y a une décharge au bord de la rivière, annonça Lynx, l'air de savoir de quoi il parlait. Les hommes y ont jeté tellement d'ordures qu'elle est devenue aussi haute qu'une montagne !

PAPY MÛRIER

Après avoir marché encore quelques instants, ils ne tardèrent pas à apercevoir la rivière. A l'endroit où le ruisseau la rejoignait, s'élevait une haute colline.

— Vous voyez, là où se trouve la montagne d'ordures, murmura Lynx. C'était autrefois une grande prairie verte. Il y avait aussi des champs d'orge. Au printemps, les alouettes volaient haut dans le ciel, en chantant à tue-tête. Souvent, je me faufilais entre les pousses d'orge pour essayer de les attraper...

— C'est ici que tu es né ? demanda Viking.

— Oui, mais je n'ai aucun souvenir de ma mère. Tout ce que je me rappelle de mon enfance, ce sont les champs d'orge tout verts qui s'étendaient ici. Je suis devenu chat errant très jeune. Papy Mûrier s'est occupé de moi.

Lynx s'immobilisa et regarda au loin.

— Papy Mûrier ?

— Oui, c'était comme ça qu'on l'appelait. Un jour, comme d'habitude, j'étais en train de chercher des nids d'alouettes dans un champ d'orge. Les nids sont difficiles à trouver parce que l'alouette essaie par tous les moyens de vous éloigner pour sauver ses petits. Dès qu'un chat s'approche de son nid, elle s'enfuit vers un buisson en battant des ailes comme si elle était blessée. Le chat pense pouvoir la rattraper facilement et il se lance à sa poursuite. Mais c'est une ruse ! Quand il s'en rend compte, il s'est tellement éloigné qu'il ne retrouve plus l'endroit où était le nid. Moi, à tous les coups, je tombais dans le panneau. Ce jour-là, alors que je me sentais horriblement frustré d'avoir été trompé encore une fois, j'ai entendu un grand éclat de rire derrière moi...

Lynx poursuivit son récit. Il était tellement absorbé dans ses souvenirs d'enfance qu'il n'y avait plus moyen de l'arrêter.

Le petit chat tourna la tête vers l'endroit d'où venait le rire. Un vieux chat l'observait avec un petit sourire. Il avait une allure un brin miteuse, mais son regard était plein de bienveillance.

— Tu tiens vraiment à attraper une alouette ? demanda-t-il au chaton.

— Oui, bien sûr !

— Dans ce cas, suis-moi. Les chats du coin m'appellent Papy Mûrier. Tu n'as qu'à faire comme eux. Et toi, quel est ton nom ?

Le chaton hésita, ne sachant que répondre. Personne ne lui avait jamais donné de nom. Parfois, il croisait des chats adultes qui vivaient dans les environs du champ d'orge, mais aucun ne lui avait demandé comment il s'appelait.

— Je n'ai pas de nom, dit-il d'une petite voix timide.

— Mince, alors ! C'est triste de ne pas avoir de nom. Je vais t'en donner un. Hum ! Voyons, qu'est-ce qui t'irait le mieux ?

Papy Mûrier réfléchit un moment en regardant le petit chat, puis décréta :

— On va t'appeler Lynx ! Qu'en penses-tu ?

— Ça veut dire quoi, Lynx ?

— Le lynx était un chat sauvage qui vivait en Corée autrefois. On dit qu'il était très fort et très courageux.

— Ça me plaît bien comme nom !

Lynx adressa un sourire rayonnant au vieux chat. Il n'avait jamais imaginé qu'on pouvait se sentir aussi fier d'avoir un nom à soi !

Papy Mûrier partit dans la direction opposée de celle que l'alouette avait prise pour s'enfuir.

— C'est ici ! claironna-t-il au bout d'un instant.

Il désigna de la patte un nid plein de bébés alouettes. Les oisillons, croyant que leur mère était de retour, ouvraient

grand leur bec et pépiaient pour réclamer leur repas. Devant cette scène touchante, Lynx se sentit des picotements au bout de la truffe.

— Ces petits te prennent pour leur mère, expliqua Papy Mûrier. Alors ? Tu as toujours envie de les croquer ?

— Non, répondit Lynx en secouant la tête d'un air penaud.

— Tu as raison. Tu n'as pas besoin de les manger. Il y a plein d'autres choses ici pour te remplir le ventre. Si tu cherches bien, tu n'auras jamais faim.

— Mais, Papy Mûrier, dit Lynx, les yeux rivés sur les oisillons, pourquoi je n'ai pas de mère, moi ?

— Tous les animaux en ce monde ont une mère. Peut-être que la tienne a été renversée par une voiture en allant chercher de quoi te nourrir, et elle est montée au ciel. Ou bien, elle a été capturée par des humains et ne peut plus revenir vers toi. Mais, où qu'elle soit, ta maman pense toujours à toi.

Le petit Lynx ne comprenait pas tout ce que Papy Mûrier lui disait. Cependant la seule idée que, quelque part, il avait une mère qui l'aimait lui réchauffa le cœur.

— A partir de maintenant, tu vivras avec moi, Lynx. Viens chez moi, je te donnerai à manger.

La maison de Papy Mûrier se trouvait en lisière d'un champ d'orge. Au milieu d'une rangée de peupliers poussait un grand mûrier au pied duquel Papy Mûrier avait installé sa demeure en creusant un terrier sous le toit d'une cabane effondrée. Il faisait bon à l'intérieur de son repaire.

A compter de ce jour, Lynx habita chez Papy Mûrier. Les chats qui vivaient aux alentours du champ d'orge avaient donné divers surnoms au vieux chat. Certains l'appelaient « le vieux fou », d'autre « l'ermite mendiant » et d'autres encore « le saint ». Pour Lynx, Papy Mûrier était un saint, il n'avait aucun doute là-dessus. La période passée chez Papy Mûrier fut la plus heureuse de sa vie.

Chaque matin à l'aube, Papy Mûrier grimpait sur le toit de la cabane en ruine et contemplait le lever du soleil. De petites alouettes venaient se poser sur sa tête et ses épaules. Les autres chats disaient même qu'il avait recueilli chez lui des bébés alouettes orphelins et les avait élevés.

Papy Mûrier soupirait en admirant le soleil accroché dans les branches du mûrier et disait :

— A l'extrémité de la mer de l'Est se dresse un mûrier qui fait plusieurs kilomètres de circonférence et plusieurs dizaines de kilomètres de haut. On l'appelle Busangsu. Sur ses branches vivent dix soleils. L'un d'eux est en train de se lever en ce moment même.

Si la maison de Papy Mûrier était à peu près confortable, l'odeur du cours d'eau qui coulait à proximité était, elle, franchement insupportable. A l'époque, la montagne d'ordures n'existait

pas encore. Mais on avait construit de hautes digues pour pouvoir déverser dans la rivière les égouts en provenance de la ville. Il s'y était formé un océan de déjections si vaste que Lynx pouvait à peine en faire le tour, avec ses petites pattes.

— Comment les humains peuvent-ils produire autant d'ordures ? demanda-t-il un jour avec une grimace de dégoût.

— Les animaux ont l'air sales, mais en réalité ils sont très propres. Les humains, eux, ont l'air propres, mais ils sont sales. Ils mangent trop et évacuent autant. S'ils ne mangeaient et ne consommaient que le nécessaire, ils pourraient vivre aussi proprement que nous. A cette allure-là, la terre entière et même le ciel vont bientôt déborder des saletés produites par les humains.

Papy Mûrier prenait un air soucieux quand il prononçait ces paroles énigmatiques devant le petit Lynx. Hélas ! peu de temps après, les sombres prédictions de Papy Mûrier se réalisèrent. Des camions d'ordures commencèrent à traverser le cours d'eau pour venir vider leur contenu dans les champs d'orge. Bientôt, les immondices eurent envahi le terrain jusqu'à la maison de Papy Mûrier. Les chats errants des environs ne tardèrent pas à se lasser de fouiller les tas de détritus, à la recherche de nourriture, et quittèrent les lieux les uns après les autres.

— Partons d'ici, Papy Mûrier, gémissait Lynx. Si nous restons plus longtemps, nous finirons ensevelis sous un tas d'ordures.

Mais chaque fois, Papy Mûrier lui répondait en souriant :

— Je suis trop vieux pour quitter cet endroit que j'aime tant. Mais tu peux partir, toi. Je regrette de ne pouvoir m'occuper de toi plus longtemps.

Le jour arriva où la maison de Papy Mûrier fut à deux doigts de se retrouver enterrée sous un tas d'immondices. Lynx supplia le vieux chat de s'enfuir avec lui. Les jeunes chats du voisinage accoururent et tentèrent de faire sortir Papy Mûrier. Mais il ne bougea pas d'une patte.

— Chacun a le droit d'affronter sa mort avec dignité, déclara-t-il. Alors, laissez-moi tranquille, s'il vous plaît !

Son ton était si solennel et son regard si brillant que les jeunes chats n'osèrent pas insister.

Dans un grand fracas, un camion fit marche arrière sur la montagne d'ordures qui était déjà presque aussi haute que la cime du mûrier. En vrombissant, il fit basculer sa benne et s'apprêta à décharger son contenu sur l'arbre. Lynx éclata en sanglots. Il ne quitterait jamais Papy Mûrier, dit-il d'une voix plaintive.

Jamais de la vie! Les jeunes chats le saisirent entre leurs dents par la peau du cou et se hâtèrent de quitter les lieux. Les saletés commençaient à se déverser sur l'arbre et le vieux chat.

— Occupez-vous de Lynx pour moi! s'écria-t-il.

A la suite du premier, plusieurs autres camions vinrent vider leurs chargements. Une montagne de détritus engloutit bientôt l'endroit où s'était trouvée la maison de Papy Mûrier.

La nuit tomba et les étoiles se mirent à briller au-dessus de ce triste paysage. Un silence de mort s'installa. Lynx grimpa au sommet du tas d'ordures d'où émergeaient les branches supérieures du mûrier. C'est pour rester près de son arbre que Papy Mûrier a refusé de partir, songea-t-il. Toute la nuit, sans bouger un poil, il pensa au vieux chat qui avait pris soin de lui.

Le lendemain, dès le lever du jour, les camions défilèrent de nouveau. Bientôt, les dernières branches du mûrier furent complètement enterrées. Lynx s'en alla, le cœur lourd.

— Tu n'es jamais revenu, depuis ? demanda Viking lorsque Lynx eut terminé son récit.

Lynx poussa un profond soupir, comme s'il venait de se réveiller d'un long rêve.

— Non, répondit-il. J'y ai souvent pensé, mais je n'ai pas eu le courage. Ça me faisait trop mal.

— Allons-y ! dit Machen. J'ai envie de voir ça de mes propres yeux. En entendant ton histoire, je me suis senti très proche de ton Papy Mûrier, comme si nous étions frères.

— Mais ce n'est plus qu'une décharge, objecta Lynx, réticent.

— Je ne crois pas, répondit Machen, le regard fixé sur la montagne de détritus noyée dans l'obscurité. Il me semble qu'on n'y jette plus rien maintenant. On dirait même qu'il y a des arbres et des herbes qui poussent dessus.

— En tout cas, allons voir, dit Viking en se mettant en route.

Les trois chats traversèrent le pont au-dessus de la rivière et arrivèrent au pied de la montagne d'immondices. Lynx prit la tête de la petite troupe et se fraya un chemin à travers les buissons, à la recherche de l'endroit où était enterré le mûrier.

— C'est ici ! s'écria-t-il en s'arrêtant net. Papy Mûrier doit se trouver quelque part là-dessous.

Puis, tout en récitant *Bihi ! bihi ! bihi !*, il récupéra les deux morceaux de branche provenant du Pays du Feu, qu'il transportait sur son dos grâce à un tour de magie. Avec soin, il en planta un dans le sol.

— Papy, si ton âme est encore ici, qu'elle revienne sous la forme d'un beau mûrier !

Une larme tomba de ses yeux sur la branche.

Alors se produisit une chose très mystérieuse. Le morceau de bois se mit à pousser. En un clin d'œil, il devint un grand mûrier. Dans les branches de l'arbre, dix soleils brillaient de toute leur splendeur.

Les trois chats, estomaqués, regardaient la scène, bouche bée. Deux secondes plus tard, l'arbre, devenu aussi impalpable qu'une nuée vaporeuse, pénétrait en flottant dans le cristal de Lynx. Planté dans le sol, il ne restait plus que le morceau de branche.

— Papy... murmura Lynx en caressant son pendentif.

Viking serra son camarade dans ses pattes.

— Waouh ! s'exclama-t-il, tout excité. L'arbre du soleil est enfin entré dans ton cristal.

— Et regardez ! ajouta Machen. Il y a de vraies feuilles de mûrier qui poussent sur la branche !

— Pas possible !

Lynx et Viking examinèrent le morceau de bois fiché dans le sol. En effet, des feuilles en forme de jeunes alouettes en sortaient de toutes parts.

— Le jour va bientôt se lever, dit Machen. Dormons ici, nous repartirons à la tombée de la nuit.

Il aménagea un petit endroit douillet au milieu des buissons, non loin de là. Les trois chats se pelotonnèrent l'un contre l'autre, le menton posé sur leurs pattes de devant. A l'est, le ciel s'éclaircissait peu à peu.

LA MONTAGNE DE FEU

Lynx ouvrit les yeux, réveillé par une odeur âcre de fumée. Le soleil avait déjà commencé à décliner.

— On brûle encore des ordures par ici ? murmura-t-il dans ses moustaches en regardant autour de lui, surpris.

De tous côtés, des flammes s'avançaient, dévorant les buissons d'herbes sèches sur leur passage.

— Au feu ! Machen, Viking, vite, levez-vous !

Les trois chats, à présent tout à fait réveillés, jetèrent des regards affolés autour d'eux. Ils étaient encerclés par les flammes. Il n'y avait aucune issue !

— Machen, qu'est-ce qu'on fait ? s'écria Viking, paniqué.

— Ne t'inquiète pas.

Machen détacha lentement un morceau d'étoffe qu'il portait collé sur le ventre. Ils avaient toujours cru qu'il s'agissait d'une tache blanche sur sa fourrure, mais en réalité, à cet endroit-là, son pelage était marron clair, comme le reste. Viking et Lynx regardèrent, intrigués, le petit bout de tissu roulé en boule que Machen tenait entre ses griffes.

— Venez vous asseoir près de moi, leur ordonna-t-il.

Les trois chats s'assirent en cercle autour du mûrier. Machen déplia le mince morceau de tissu et l'étendit au-dessus de leurs têtes. L'étoffe était suffisamment grande pour les recouvrir tous, y compris le jeune arbre.

— Les flammes s'approchent de plus en plus ! A quoi peut bien servir ce morceau de tissu ?

— N'ayez pas peur, répondit Machen avec un sourire. Aucune flamme ne peut le traverser.

Lorsque le feu arriva tout près, le tissu blanc prit une teinte rouge. Les flammes se ruèrent sur lui en un éclair. Lynx et Viking tremblaient de peur. L'étoffe était maintenant devenue rouge foncé. Pourtant, comme Machen l'avait dit, les flammes n'avaient pas prise sur elle et ne réussirent pas à la transpercer. Finalement, le feu passa son chemin. Machen se redressa et replia le tissu qui avait repris sa couleur blanche. Autour d'eux, tout était carbonisé, le sol complètement noirci.

— Regardez ! Un chat, là-bas !

Viking pointa la patte vers le sommet de la montagne d'ordures, où ils virent l'ombre d'un chat disparaître aussi vite qu'elle était apparue. Machen se métamorphosa aussitôt en faucon et s'envola dans le ciel en poussant un cri aigu.

— Pourquoi n'y avons-nous pas pensé plus tôt ? grommela Viking entre ses dents. Nous aurions pu éviter le feu en nous transformant en oiseaux.

— Et abandonner le mûrier aux flammes ?

— Non, tu as raison. On ne pouvait pas le laisser brûler.

Viking se gratta la tête.

— Il a dû se cacher quelque part, dit Machen en se posant sur le sol avant de reprendre son apparence féline. Je ne l'ai pas trouvé. En tout cas, nous devons faire attention. Si ce sont les chats-ombres qui ont provoqué l'incendie, la situation devient

grave. Ils doivent être en train de tramer un complot diabolique. Il nous faut agir vite, avant qu'il n'arrive malheur à Boîte-à-Lettres.

— Nous n'avons qu'à nous changer en oiseaux et voler, suggéra Lynx.

— Il ne faut pas utiliser la magie à tort et à travers, répliqua Machen. Seulement quand on ne peut pas faire autrement.

— Pourquoi ? insista Viking.

— Un chat qui se change en oiseau, c'est contre les lois de la nature. Si on le fait trop souvent, on risque des ennuis.

— Mais, vous, vous le faites bien, non ?

— Pour un chat qui a compris les lois de la nature et les a assimilées dans son corps, c'est différent. Mais vous deux, vous n'en êtes pas encore arrivés à ce stade.

Et sur ces mots, Machen partit en avant d'un pas vif. Ils parvinrent bientôt à un grand pont qui traversait la rivière.

Lynx posa la question qui lui trottait dans la tête depuis un moment :

— Qu'est-ce que c'est, cette étoffe blanche que vous portez sur le ventre, Machen ?

— Oh ça ? répondit ce dernier en s'engageant sur le pont. Ça s'appelle du tissu ignifugé.

La rivière s'élargissait avant de se jeter dans la mer toute proche. Loin en amont, au-dessus des collines, là où la rivière formait un méandre, le soleil se couchait, rougeoyant comme une braise.

— Ignifugé, qu'est-ce que ça veut dire ?

— Au-delà de l'occident, se trouve une montagne qui brûle éternellement. On l'appelle la Montagne de Feu. Il y fait si chaud que personne ne peut l'approcher. Les flammes ne s'éteignent jamais, même quand il pleut à torrent. Elles brûlent en permanence.

— Quoi ? Même un orage très violent ne peut pas les éteindre ?

— C'est exact. Dès qu'une averse tombe sur cette montagne, elle s'évapore en un clin d'œil. Les gouttes n'ont même pas le temps d'atteindre le sol. Ce qui montre à quel point la chaleur qui se dégage de ce feu est terrible !

— Oh là là ! Mais alors, rien ne peut survivre là-bas ? s'exclama Lynx, impressionné.

— Pas forcément, répondit Machen, avec un sourire. Notre monde est un endroit très mystérieux. Toutes sortes d'animaux et de plantes y vivent, même dans le fin fond des déserts. La vie est capable de s'adapter à des conditions extrêmes, du moment qu'elle ne va pas à l'encontre de la nature. C'est pourquoi la vie existe aussi sur la Montagne de Feu. Un arbre géant pousse à son sommet, au milieu des flammes. Et des rats plus gros que des taureaux y habitent.

— En plein milieu des flammes ?

— Eh oui ! Leurs corps sont recouverts de longs poils rouges. Ces rats descendent parfois de la montagne, et si on

les arrose d'eau froide, ils meurent aussitôt et leur fourrure devient blanche. C'est avec leurs poils que l'on tisse l'étoffe ignifugée.

— Vous voulez dire que votre morceau de tissu est fait de poils de rats ? demanda Viking, en jetant un regard fasciné sur le ventre de Machen.

Ce dernier hocha la tête et reprit :

— Avec cette étoffe, on fabrique les vêtements des dieux et des fées. Quand ils sont sales, on les nettoie en les plongeant dans les flammes. Ils deviennent alors rouge sang puis de nouveau aussi blancs que les sommets de l'Himalaya.

— L'Himalaya ? répéta Lynx, les yeux brillants d'intérêt. Vous y êtes allé ? Et la Montagne de Feu, vous l'avez vue aussi ?

— Bien sûr, répondit Machen d'un air rêveur. J'avais promis à mon petit frère de faire le tour du monde avec lui.

— Vous aussi, vous avez un frère ?

— Oui, il s'appelle Machu. Nous sommes nés dans la région de l'Himalaya. C'est là que nous avons passé notre enfance. Les sommets de ces montagnes sont toujours couverts de neige. Sous le ciel bleu, les pics sont d'un blanc si étincelant qu'ils en paraissent bleuâtres. A les contempler, on se dit que ce doit être l'extrémité du monde et l'on brûle d'envie de se tenir tout en haut.

Machen s'immobilisa et poursuivit en regardant le coucher du soleil :

— Vous savez à quoi ressemblent ces pics blancs au crépuscule ? Le blanc devient rouge vif, on dirait du feu. En voyant cela, je m'imaginais qu'au-delà des sommets il y avait un autre monde et qu'il était en flammes. C'est pourquoi, mon petit frère et moi, nous nous sommes promis d'y aller, un jour, quand on serait plus grands. J'ai toujours gardé ces sommets de l'Himalaya dans un coin de mon cœur. Ce sont eux qui m'ont empêché de rester trop longtemps au même endroit. C'est pour cela que j'ai bourlingué à travers le monde pendant toutes ces années.

Machen eut un petit sourire triste. Mais il se ressaisit aussitôt :

— Mince ! Nous sommes en train de perdre notre temps ! Dépêchons-nous !

Suivi de Lynx et de Viking, il traversa le pont d'un pas rapide. Arrivé de l'autre côté, Viking leva le menton et poussa un gros soupir. Le souvenir de son petit frère Toto lui revenait en mémoire. L'immeuble où ils avaient passé leur enfance se trouvait tout près de là. Il eut une brusque envie de revoir les lieux où il avait vécu avec Léo, les bords du ruisseau où le vieux chat était parti pour mourir dignement, le regard fixé sur la lueur d'une étoile, si faible fût-elle. Mais non ! Il devait faire un effort pour se contenir, pour ne plus penser à tout cela. Car le plus urgent pour l'instant était de retrouver Boîte-à-Lettres.

— A partir d'ici, c'est toi qui nous guides, Viking, dit Machen en se retournant vers lui. Il y a sûrement des endroits que tu aimerais revoir par ici, j'imagine. Mais ne t'en fais pas, tu auras d'autres occasions pour ça.

Machen semblait comprendre ce que ressentait Viking. Celui-ci, la tête pleine des souvenirs de son passé, se dirigea vers la maison des chats-ombres.

AU MILIEU DES FLAMMES

— Kirou ! Kirou !

Boîte-à-Lettres tambourinait sur la porte verrouillée en appelant son frère à grands miaulements désespérés. Dans le sous-sol obscur, une fumée âcre avait commencé à se répandre. Malheur ! La maison était sûrement en feu !

— Kirou ! Kirou ! cria-t-il à tue-tête

Il ne se rappelait même plus depuis combien de jours il était enfermé dans ce sous-sol. Cela faisait si longtemps, un temps interminable !

C'était arrivé pendant que Boîte-à-Lettres pourchassait Arlequin et sa bande de chats-ombres dans la ruelle près de chez Minjun. S'il réussissait à attraper Arlequin, avait-il songé, il découvrirait ce que complotaient les chats-ombres. Après avoir traversé le terrain vague où se tenait habituellement l'assemblée nocturne, ils avaient débouché sur la place du marché. Là,

Boîte-à-Lettres était à deux doigts de mettre la patte sur Arlequin, lorsqu'un gros matou costaud avait surgi d'une ruelle et lui avait barré le chemin.

— Grand frère Mirou ! gronda-t-il. Ne mets pas ta truffe dans nos affaires !

— C'est toi... Kirou ? s'écria Boîte-à-Lettres éberlué.

Son cœur se mit à battre à grands coups. Le gros matou se montrait en pleine lumière sous un réverbère.

— Je n'ai pas envie de me battre avec toi, grand frère.

— Alors, c'est bien toi ! Tu n'as pas changé, tu ressembles encore au chaton que j'ai connu.

Aucun doute possible ! C'était bel et bien son petit frère Kirou qui se dressait devant lui, celui avec qui il avait partagé le lait de sa mère.

Leur mère était une chatte de gouttière qui, comme tous ses congénères, devait fouiller les poubelles pour se nourrir. Elle avait élevé Mirou et Kirou du mieux qu'elle avait pu. Cela n'avait pas été facile tous les jours, mais elle s'était occupée d'eux avec dévouement. Elle leur disait souvent :

— Les chats n'ont pas toujours fait les poubelles pour vivre. Ils ont aussi connu leur Age d'or. Encore aujourd'hui, il y a sûrement quelque part des chats qui mènent une vie digne. Je veux que vous alliez tous les deux rejoindre leur monde. Pour cela, il faut vous faire adopter dans un bureau de poste.

— Pourquoi ?

— Il paraît que ces chats-là échangent des lettres, comme les humains. En habitant dans un bureau de poste, vous aurez peut-être une chance de vous lier avec eux.

Une nuit, alors que les deux chatons, qui avaient joué toute la journée, s'étaient endormis profondément, leur mère réveilla Mirou. Il frotta ses yeux tout ensommeillés et la regarda d'un air interrogateur.

— Chut, ne fais pas de bruit ! Sinon, tu vas réveiller ton frère.

Elle saisit Mirou par la peau du cou et l'emporta au petit trot. Après avoir parcouru ainsi un long bout de chemin, elle pénétra dans un bâtiment par une bouche d'aération et déposa son petit sur une pile de papiers.

— Mirou, écoute-moi bien. A partir de maintenant, c'est ici que tu vas vivre.

— Où sommes-nous, maman ?

— Dans un bureau de poste. Tout ça, ce sont des lettres. Il doit y en avoir parmi elles qui ont été envoyées par des chats.

— Nous allons tous vivre ici ?

— Non, toi tout seul.

— Moi tout seul ?

Les larmes aux yeux, Mirou regarda sa mère.

— Oui, dit-elle en s'efforçant de cacher sa peine.

Mais le chaton devina qu'elle retenait ses pleurs.

— Et Kirou ?

— Lui, je vais l'emmener dans un autre bureau de poste.

La mère de Mirou s'apprêtait à repartir par où elle était entrée, lorsqu'elle se retourna et dit :

— Tu mèneras une vie digne, Mirou. J'ai confiance en toi.

— Maman !

Mirou pleura toute la nuit, appelant sa mère et son petit

frère à travers ses larmes. Au matin, le bureau de poste ouvrit ses portes ; les employés arrivèrent.

— Oh, qu'il est mignon ! s'exclama une dame en prenant Mirou dans ses bras. Regardez un peu ce joli petit chaton !

On l'appela désormais Boîte-à-Lettres. Bien sûr, depuis ce jour, il n'avait jamais revu sa mère ni son petit frère Kirou.

Et maintenant, voilà que son frère avait soudain reparu !

— Kirou !

Boîte-à-Lettres s'avança vers son frère qui se tenait sous un lampadaire.

— Ne t'approche pas, l'avertit celui-ci en reculant de quelques pas. Tu n'as pas compris ? Toi et moi, nous sommes ennemis maintenant !

— Mais Kirou, qu'est-ce que tu racontes ?

Sans écouter sa mise en garde, il s'approcha encore un peu.

— Je t'ai dit d'arrêter ! Je te préviens en frère : n'essaie pas de me suivre.

Kirou tourna les talons et rejoignit au galop la bande d'Arlequin. Boîte-à-Lettres demeura un instant désemparé. Qu'est-ce que tout cela voulait dire ? Il fallait tirer les choses au clair, et vite ! Il se lança à leur poursuite, prenant soin toutefois de rester à distance suffisante pour ne pas se faire repérer. Au bout d'un chemin qui lui parut interminable, Kirou et ses complices

entrèrent dans un bois. Boîte-à-Lettres les suivit. Comme c'était étrange ! Il avait la vague impression d'être déjà venu dans cet endroit. Au fin fond du bois, ils arrivèrent enfin à une maison abandonnée.

Boîte-à-Lettres se cacha derrière un buisson et regarda Kirou et la bande d'Arlequin pénétrer dans la maison.

— Hé bien, hé bien, qui avons-nous là ? N'est-ce pas ce vieux Boîte-à-Lettres ? Quel coup de chance !

Surpris par la voix derrière lui, Boîte-à-Lettres fit brusquement volte-face. A cet instant précis, une pluie de chats-ombres lui tombèrent dessus et le clouèrent au sol. Derrière eux, Ali-Baba ricanait ; un méchant rictus lui déformait les babines. Sans avoir pu opposer la moindre résistance, Boîte-à-Lettres fut ligoté et enfermé dans une pièce du sous-sol.

Ali-Baba s'approcha de lui avec un sourire mauvais :

— Ecoute-moi bien, Boîte-à-Lettres. Tu ferais bien de coopérer avec nous, si tu tiens à la vie.

Sans broncher, Boîte-à-Lettres ferma les yeux.

— Où est l'autre moitié de la carte qui indique la voie du soleil ? demanda Ali-Baba.

— Tu n'as qu'à demander au directeur ou au professeur Barbu.

— Elle est quelque part dans l'Ecole des Chats, n'est-ce pas ? Dis-moi où exactement.

— Je ne sais pas, je te dis ! rétorqua Boîte-à-Lettres en secouant la tête.

Furieux, Ali-Baba se rendit compte qu'il n'arriverait pas à le faire parler. Qu'à cela ne tienne ! songea-t-il. Il allait employer les grands moyens : jeter un sort à Boîte-à-Lettres. Celui-ci se mit alors à avoir d'horribles hallucinations. Il se vit poursuivi dans un bois tantôt par de terrifiants dragons, tantôt par des scorpions géants, ou bien encore par un monstre au corps de serpent, aux ailes de vautour et aux pattes de cheval. Tout son corps était trempé de sueurs froides. Comme il était sur le point de se faire rattraper par les monstres, il repensa soudain à la carte qui montrait la voie du soleil. Si seulement il avait eu cette carte, il aurait pu vaincre ces horribles créatures ! C'est alors que le bois disparut brusquement ; il se retrouva tout à coup dans la cour de l'Ecole des Chats. Pensant avec soulagement qu'il était sauvé, il se précipita vers la porte d'entrée. Il n'avait qu'une idée en tête : rejoindre au plus vite le poêle rouillé où était rangée la carte. Mais patatras ! En courant, il trébucha sur une planche de bois. C'était l'écriteau où était gravée la devise de l'école : Chats Libres et Indépendants.

Il marmonna entre ses babines :

— Chats libres et indépendants...

Et juste à cet instant, il revint à lui. Ouf ! Il venait enfin de se libérer des hallucinations provoquées par le sortilège d'Ali-Baba !

— Tête de mule ! s'écria Ali-Baba en lui flanquant un violent coup de patte.

Il était furibond. Son tour de magie avait échoué !

Boîte-à-Lettres tomba sur le côté. Il saignait. La blessure causée par les griffes d'Ali-Baba lui faisait un mal de chien.

— Si tu t'obstines, cria Ali-Baba, je n'ai plus le choix ! Je vais devoir aspirer ton âme !

Et il s'approcha tout près de Boîte-à-Lettres, tout en récitant une formule bizarre ponctuée de sifflements. Boîte-à-Lettres perdit peu à peu connaissance.

— Ali-Baba, chuchota une voix, tu te crois tout permis, peut-être ?

La voix avait beau être basse, elle inspirait le respect. Boîte-à-Lettres eut l'impression de l'avoir déjà entendue quelque part. Il en aurait presque mis la patte au feu !

Ali-Baba se recula à contrecœur. Boîte-à-Lettres, encore à moitié inconscient, s'efforça d'ouvrir les yeux. A qui donc appartenait cette voix capable de donner des ordres à Ali-Baba ? Ce ne pouvait être Daira, puisqu'il était enfermé dans la Grotte de Cristal. Et si ce n'était pas lui, qui d'autre possédait une telle autorité sur Ali-Baba ? Boîte-à-Lettres parvint enfin à ouvrir péniblement les paupières. Mais sa vision restait embrumée et il ne distingua rien.

Ali-Baba ne se montra plus. D'autres chats-ombres prirent sa place et commencèrent à harceler Boîte-à-Lettres de questions. Ils l'interrogèrent sur les assemblées nocturnes dans chaque quartier et sur les chats qui les dirigeaient. Pourquoi voulaient-ils savoir tout cela ? se demandait notre pauvre matou. Qu'est-ce que cela signifiait ? Comme il s'obstinait à garder le silence, les chats-ombres le frappaient sans pitié. Une douleur cuisante lui déchirait le corps.

Quelques jours plus tard, le silence retomba dans la maison. Plus aucun chat ne vint le tourmenter. Et puis, un jour, Kirou lui apporta à manger. En déposant la nourriture sur le sol, il lui dit à voix basse :

— Tu comprends maintenant pourquoi je t'avais dit de ne pas me suivre. C'était un conseil de frère, mais tu n'as pas écouté.

Et sur ces mots, il sortit en hâte. Boîte-à-Lettres, ému, sentit des picotements dans sa truffe. Il savait maintenant que Kirou s'était inquiété à son sujet. Cela lui remonta le moral. Il mangea la nourriture apportée par son frère et reprit des forces. Comme on l'avait laissé tranquille ces derniers jours, les blessures de son corps avaient cicatrisé. A présent, il mourait d'envie de savoir ce qui se passait au-dehors. Pourquoi ce calme soudain dans la maison ? A l'approche du jour d'Apophis, tous les chats-ombres étaient-ils partis attaquer Minjun et Sena ? L'éclipse solaire avait-elle commencé ou était-elle déjà terminée ? Qu'étaient devenus ses amis ? Une foule de questions tourbillonnaient dans sa tête. Allongé dans l'obscurité, il réfléchissait. Au bout d'un moment, il se leva, rampa vers la porte et tendit l'oreille.

Au début, il n'entendit rien, mais tout à coup un grand tumulte éclata, suivi d'un bruit de bagarre. Puis un cri de douleur. Une soudaine inquiétude le gagna. Et si Kirou avait été blessé ? Quelque chose tomba avec fracas, une fumée se glissa sous la porte du sous-sol. On aurait dit que la maison était en feu.

— Kirou ! Kirou !

Tambourinant de toutes ses forces sur la porte verrouillée, Boîte-à-Lettres appela son petit frère au secours.

La fumée envahissait la pièce du sous-sol. Boîte-à-Lettres, à moitié asphyxié, toussait à fendre l'âme. C'est alors qu'il entendit une voix :

— Grand frère Mirou ! Kof kof ! Grand frère Mirou !

La porte s'ouvrit et Kirou entra en chancelant. Un nuage de fumée noire se précipita dans la pièce en même temps qu'une vague de chaleur intense.

— Kirou !

Kirou était couvert de traces de griffures et de morsures, sa fourrure toute brûlée. Vite ! Il délia les cordes qui emprisonnaient les pattes de son frère.

— Prends une grande inspiration au ras du sol, là où il y a le moins de fumée, ordonna-t-il. La maison est en train de brûler. On va courir d'une seule traite jusqu'à la cour. Suis-moi !

Boîte-à-Lettres et Kirou s'élancèrent hors de la pièce. En traversant les flammes, ils sentirent la morsure du feu sur leur corps et entendirent leur fourrure grésiller. Leur vue s'obscurcit, leur esprit devint flou. Le chemin vers la sortie leur sembla ne jamais devoir finir.

Comme ils couraient à toutes pattes, ils aperçurent enfin la porte d'entrée. Mais hélas ! juste à cet instant, une poutre enflammée se détacha de la charpente et s'abattit sur Kirou. Une épaisse fumée s'éleva, bouchant la vue alentour.

— Oh non ! Kirou !

Sans perdre une seconde, Boîte-à-Lettres récita la formule magique pour tenter de dégager la poutre :

— *Bihi ! bihi !...*

Mais avant même qu'il eût achevé sa phrase, une avalanche de tuiles lui dégringola sur la tête.

— Sauve-toi, vite !...

Au moment où il entendait la voix affaiblie de son frère, Boîte-à-Lettres perdit connaissance.

LE FRÊNE DE KIROU

— Regardez, on dirait encore un incendie ! s'écria Viking qui ouvrait la marche.

A travers l'épaisse barrière des arbres, ils aperçurent la lumière rougeoyante d'un feu. Des colonnes de fumée noire <s'élevaient haut dans le ciel.

— Ce ne serait pas la maison des chats-ombres qui brûle ? demanda Lynx.

— J'en ai bien peur.

— Boîte-à-Lettres est peut-être en danger. Je vais aller voir.

Et en moins de temps qu'il ne faut pour le dire, Machen se métamorphosa en faucon et s'envola d'un coup d'ailes. Lynx et Viking se mirent à courir à perdre haleine.

Planant haut dans le ciel, Machen put distinguer qu'une maison isolée était la proie des flammes. Tout autour, le bois était illuminé par la lumière dansante de l'incendie. Machen descendit en piqué et se posa dans la cour de la maison. Puis, redevenu chat, il détacha le morceau de tissu ignifugé de son ventre et s'en couvrit avant de s'élancer à l'intérieur.

Non loin de la porte d'entrée, un grand chat était étalé par terre de tout son long. Machen le souleva dans ses pattes. Juste à côté, un autre chat, en tous points semblable au premier, gisait, écrasé sous une poutre. Machen récita la formule pour le dégager, puis il les emporta tous les deux dans la cour et les allongea en lieu sûr, à l'abri de la fumée et de l'air brûlant.

Viking et Lynx arrivèrent en trombe dans la cour.

— Avez-vous retrouvé Boîte-à-Lettres ? demandèrent-ils en chœur.

— Je ne sais pas, j'ai sorti deux chats...

Viking et Lynx examinèrent les chats couchés sur le sol.

— Boîte-à-Lettres ! crièrent-ils en secouant leur compagnon.

Ce dernier se réveilla, poussa un gémissement, puis toussa un grand coup avant de se redresser.

— Ouf ! Tu es sauvé, Boîte-à-Lettres !

Viking et Lynx se mirent à sautiller de joie.

— Kirou ! Où est Kirou ?

Boîte-à-Lettres lança des regards inquiets autour de lui, puis, remarquant le chat à ses côtés, il le serra contre son cœur et l'appela d'une voix noyée de chagrin :

— Kirou, je t'en supplie, ouvre les yeux !

Machen l'observa un moment et secoua la tête.

— C’est ton frère ? Laisse-moi le regarder.

Il prit Kirou des pattes de Boîte-à-Lettres et le recoucha sur le sol. Puis il posa sa patte de devant sur la poitrine du chat inconscient et ferma les yeux afin de mieux se concentrer. Quelques secondes plus tard, une lumière verte sortit de sa patte et pénétra dans la poitrine de Kirou. Celui-ci poussa un faible soupir et ouvrit à moitié les paupières.

— Kirou ! cria de nouveau Boîte-à-Lettres en le serrant contre son cœur.

— Tu n’en as plus pour longtemps, murmura Machen avec tristesse. Si tu as quelque chose à dire, dépêche-toi.

— Grand frère Mirou... sauve-toi... vite... Ils se sont... divisés en deux camps... C’est... affreux... Et ça...

Kirou tendit à son frère quelque chose qu’il tenait entre ses griffes.

— Kirou, ne me quitte pas !

Boîte-à-Lettres fondit en larmes.

— Ma... man ! Elle me manque...

Avec un faible murmure, Kirou laissa retomber sa tête sur le côté. Boîte-à-Lettres pleurait à chaudes larmes, les épaules secouées de sanglots.

— Il faut enterrer ton frère, maintenant, dit Machen d’une voix douce, en lui donnant une tape affectueuse dans le dos. Je regrette, mais il ne nous reste pas beaucoup de temps.

Boîte-à-Lettres hissa Kirou sur son dos. Il s'enfonça lentement dans le bois, suivi de ses compagnons. Arrivé dans une petite clairière, il déposa son jeune frère par terre. Machen, Viking et Lynx entreprirent de creuser le sol, sans un mot. Boîte-à-Lettres contempla d'un regard accablé le corps sans vie de son frère puis jeta un coup d'œil sur ce que celui-ci lui avait donné. C'était un vieux morceau de parchemin.

— Ça alors ! s'exclama-t-il. On dirait un bout de la carte qui indique la voie du soleil !

— Quoi ? La carte de la voie du soleil ? répéta Machen.

Il s'approcha pour l'examiner, imité par Viking et Lynx.

— Oui, c'est bien ça ! C'est la moitié qui nous manquait. Kirou nous a rendu un fier service !

Les yeux rivés sur le cadavre, Machen murmura :

— Merci, Kirou !

Boîte-à-Lettres se remit à sangloter, les épaules tremblantes. Viking et Lynx attendirent un moment avant d'allonger Kirou dans le trou qu'ils venaient de creuser. Boîte-à-Lettres jeta une poignée de terre sur le corps de son frère, puis ses trois compagnons l'aidèrent à le recouvrir entièrement. L'aube pointait entre les arbres.

Viking lança un regard vers l'endroit où se trouvait la maison. Le vent s'était levé. L'incendie s'était propagé à travers le bois et grimpait rapidement les flancs d'une colline. C'était sur cette colline que se trouvait la tombe de Toto, son petit frère. Voyant les flammes envahir la colline, Viking s'empara du dernier morceau de branche que Minjun avait rapporté du Pays du Feu et, d'un air résolu, l'enfonça soigneusement dans le sol devant la tombe de Kirou. Machen et Lynx l'observaient, les yeux écarquillés.

— Qu'est-ce que tu fais ? demanda Boîte-à-Lettres, intrigué.

— C'est un morceau de branche venu du Pays du Feu. Minjun s'en est servi pour faire apparaître l'Oiseau de Feu.

— Oh, je comprends... Merci, Viking, dit Boîte-à-Lettres en lui adressant un regard plein de gratitude.

Viking finit en silence de planter le morceau de branche et se releva.

— Kirou, puisses-tu aller dans le merveilleux pays d'Yggdrasil et rejoindre mon petit frère Toto !

Des larmes tombèrent des yeux de Viking et de Boîte-à-Lettres sur le morceau de branche, qui émit aussitôt une scintillante lumière verte. Puis l'image floue d'un frêne géant apparut. Ses branches s'élevaient presque jusqu'au ciel, ses trois racines immenses entouraient un globe étincelant de lumière verte. C'était Yggdrasil. L'arbre pénétra comme une fumée dans le cristal de Viking qui s'illumina un instant.

— Que c'est beau ! s'exclamèrent les chats, les yeux rayonnant d'émotion.

— Allons-y, maintenant ! fit Machen en se remettant en route.

Les trois chats lui emboîtèrent le pas. Boîte-à-Lettres et Viking se retournèrent plusieurs fois, le cœur lourd.

Où est passé le professeur Kotkam ?

— Est-il possible que le professeur Kotkam se soit réellement retourné contre l'Ecole des Chats ? demanda Brin-d'Osier à Mot-d'Amour qui marchait derrière lui.

Une brise fraîche soufflait entre les arbres. Ils ne devaient plus être loin de leur école. La puissante odeur d'une multitude de chats leur parvenait, apportée par le vent. Leurs narines frémissaient. Cela ne faisait pas longtemps qu'ils étaient partis, et pourtant ils sentaient leur cœur battre plus fort, comme s'ils rentraient chez eux après une longue absence.

— Un chat aussi intransigeant que le professeur Kotkam n'aurait jamais fait une chose pareille, dit Mot-d'Amour en secouant doucement la tête.

— Tu as raison, approuva Mandragore. Il ressemble un peu au vieil herboriste chez qui j'habitais avant.

— Et alors ? Qu'est-ce que ton vieux bonhomme a à voir avec le professeur Kotkam ? demanda Mot-d'Amour en jetant un coup d'œil rapide à Mandragore.

Celui-ci hésita, ne sachant que répondre. Le souvenir de son ancien maître avait ressurgi d'un seul coup dans sa mémoire, sans qu'il sache pourquoi.

— Ne l'embête pas avec ça, Mot, intervint Brin-d'Osier.

— Qu'est-ce que j'ai fait ? rétorqua Mot-d'Amour. Ce n'est pas ma faute s'il n'a pas compris ce que je voulais dire.

— Tu voulais te moquer de moi, Mot ? demanda Mandragore, pour une fois sans s'énerver. Tu peux te moquer de moi autant que tu veux, mais ne plaisante pas quand il s'agit de mon vieil herboriste.

Mot-d'Amour eut une moue de mécontentement.

Mandragore reprit :

— Ce vieil homme avait eu beaucoup de malheurs dans sa vie. Il avait dû laisser toute sa famille en Corée du Nord quand il était passé au Sud pendant la guerre. Il disait qu'il ne l'avait pas revue depuis plus de cinquante ans. Il ne cessait jamais de penser aux siens et à son village natal.

— Pourquoi ne pouvait-il pas les revoir ? demanda Mot-d'Amour.

— Tu sais que la Corée est divisée entre le Nord et le Sud, expliqua Brin-d'Osier. Les hommes ont dressé des réseaux de

barbelés tout le long de la frontière et des soldats y montent la garde pour empêcher les gens de passer. Ils ont aussi enfoui des mines un peu partout dans la terre, et il y a des tas d'animaux qui se blessent à cause de ça.

— Pourquoi les humains font-ils des choses pareilles ? interrogea Mot-d'Amour, les yeux ronds. Ça n'a pas de sens !

— Parce qu'ils sont stupides, grommela Mandragore à la place de Brin-d'Osier. Ou alors parce qu'ils sont aussi ignorants que des chatons... Mais arrête de m'interrompre comme ça. A force de changer de sujet, tu me fais oublier ce que je voulais dire.

— Bon, d'accord ! rétorqua Mot-d'Amour, boudeuse. Continue ton histoire.

— Le vieil herboriste avait tellement la nostalgie de sa maison et de sa famille qu'il avait laissées dans le Nord, qu'il n'avait pas la tête à autre chose. Son village natal se trouvait près du mont Myohyang. Il me racontait toujours l'histoire du tigre qui pouvait faire tout le chemin entre le mont Baekdu et le mont Myohyang en une seule nuit. C'est peut-être pour ça qu'il avait voulu élever un gros chat comme moi.

— Hi hi hi ! s'esclaffa Mot-d'Amour, incapable de retenir son rire. C'est vrai que tu es un gros chat, je suis d'accord. Mais tu ne te prends tout de même pas pour un tigre ?

— En tout cas, je ressemble plus à un tigre qu'une petite chatte maigrichonne dans ton genre !

— Pfft ! siffla Mot-d'Amour avec colère.

Brin-d'Osier s'interposa aussitôt pour calmer le jeu.

— Eh bien, raconte ! Qu'est-ce que tout cela a à voir avec le professeur Kotkam ? demanda-t-il.

— Ah oui, c'est vrai, nous parlions du professeur Kotkam. Eh bien, lui aussi, il nous raconte toujours son histoire du tigre qui avait eu peur d'un kaki séché ! Il est comme mon vieil herboriste, il n'a qu'une pensée en tête. Un chat comme lui est incapable de trahir.

— C'est pour nous dire ça que tu as tourné si longtemps autour du pot ? ronchonna Mot-d'Amour, visiblement déçue. Tu veux dire que le professeur Kotkam est un maniaque ?

— Non ! riposta Mandragore qui commençait maintenant à s'énerver. Il n'est pas maniaque, il a une idée fixe, c'est tout !

— Pas maniaque, oho ! répéta le petit bonhomme, s'amusant à imiter Mandragore.

Ayant retrouvé son énergie grâce à l'air de la montagne, il s'était redressé sur le dos de Mandragore, comme un cavalier sur sa monture.

— Oh, le gamin a repris des forces ! s'exclama Mandragore tout content.

Son regard s'illumina de joie.

— Ramène-moi où tu m'as trouvé, geignit le gamin. Je veux rentrer et retourner dans la terre.

— Tout de suite ! acquiesça Mandragore. Allons-y, dépêchons-nous !

Et sans attendre la réponse de ses compagnons, il prit la tête de la petite troupe et se mit à courir.

— Qu'est-ce qu'il a ? demanda Mot-d'Amour en fronçant les sourcils. Pourquoi veut-il aller dans la terre ?

— Quand le véritable ginseng millénaire est blessé ou même seulement épuisé, il doit retourner à l'endroit d'où il vient.

— Pour quoi faire ?

— Il reprend son apparence de racine de ginseng et se repose sous terre. Il faut faire vite ! Si on arrive trop tard, ses feuilles vont jaunir et se dessécher, et il ne pourra plus revenir sous la forme d'un petit enfant.

— Vraiment ?

Alarmés par l'urgence de la situation, Mot-d'Amour et Brin-d'Osier pressèrent le pas. Bientôt, entre les arbres, ils aperçurent la cour de l'Ecole des Chats.

— Regardez ! s'exclama Brin-d'Osier, les yeux fixés sur la porte d'entrée. Ce n'est pas le professeur Ultra qui rentre ?

— Qu'est-ce qui lui prend ? demanda Mot-d'Amour, intriguée. D'habitude, il passe tout son temps dans les bois. Je ne l'ai jamais vu venir à l'école.

— Comme le professeur Kotkam a disparu, il va sûrement y avoir une réunion des professeurs, dit Brin-d'Osier. Ça tombe bien, comme ça, nous aurons le temps de ramener le gamin dans son bois.

Les trois chats traversèrent la cour et se dirigèrent vers le bois où Mandragore avait vu le petit être pour la première fois.

— Il y a quand même quelque chose de bizarre, grommela Mot-d'Amour.

— Quoi ? fit Brin-d'Osier.

— Si le professeur Kotkam n'est pas passé à l'ennemi, pourquoi les assemblées nocturnes se divisent-elles en deux camps ? Certains prétendent qu'ils ont reçu une lettre de lui leur ordonnant de couper les ponts avec l'école et de n'obéir qu'à lui.

Mot-d'Amour inclina la tête, l'air perplexe.

— C'est peut-être un chat-ombre qui s'est fait passer pour le professeur Kotkam, essaya de raisonner Brin-d'Osier. Tout comme Ali-Baba avait pris l'identité de Jojo.

— Possible, concéda Mot-d'Amour qui semblait tout de même avoir des doutes à propos du professeur disparu. Mais, en tout cas, Ali-Baba n'a rien à voir dans tout ça, car à ce moment-là, il était trop occupé à se battre contre nous. Et à part lui, qui aurait osé venir à l'Ecole des Chats pour kidnapper le professeur Kotkam ?

— Tu soupçonnes le professeur ? demanda brusquement Mandragore, s'arrêtant net. Ne te monte pas la tête contre lui. Quand on est obnubilé par une seule pensée, comme mon vieil herboriste, on ne trahit pas. Ce n'est pas la même chose que d'être maniaque.

Un peu vexée tout de même, Mot-d'Amour ne répliqua pas. Ce gros Mandragore venait de marquer un point !

— Tu as raison, approuva Brin-d'Osier. Le professeur Kotkam doit suffisamment souffrir comme ça en ce moment. Surtout de ne pas pouvoir nous raconter son histoire de tigre et de kaki séché. Sa langue doit le démanger !

A cette pensée, les trois chats éclatèrent de rire.

DES OMBRES SUSPECTES

Ils arrivèrent à l'endroit où Mandragore avait découvert l'enfant-ginseng.

— Waouh ! Je ne savais pas qu'il y avait un coin aussi beau dans ce bois ! s'étonna Mot-d'Amour en promenant autour d'elle un regard admiratif.

La clairière, qui formait une sorte de cuvette, était entourée d'une végétation si dense qu'on ne la distinguait pas de l'extérieur. Une douce lumière verte l'éclairait, lui donnant un air mystérieux.

— Oho !

Le gamin se laissa glisser du dos de Mandragore et sauta sur le sol. Puis il se fraya un chemin parmi les buissons, les trois chats sur ses talons. Un peu plus loin, ils parvinrent à un fourré d'où s'échappait une vapeur verte. Les premières lueurs de l'aube filtraient à travers les arbres, rendant l'atmosphère encore plus énigmatique.

— Oh, mais c'est magnifique ici ! s'exclama Brin-d'Osier. C'est là que vit le ginseng sauvage ? Rien que d'être là, ça vous redonne des forces !

— Oho ! oho !

Le gamin fit plusieurs bonds, puis, soudain métamorphosé en racine, s'enfonça sous terre. De son béret rouge, sortit une tige, bientôt couronnée de feuilles. Puis le béret lui-même se transforma en baies rouges à l'extrémité de la tige. Les feuilles étaient déjà légèrement fanées.

— Ces fruits rouges, en fait, c'était le béret du gamin ! fit remarquer Mot-d'Amour en reniflant les petites baies.

Brin-d'Osier observa la plante avec curiosité.

— Bon, maintenant que le gamin est rentré chez lui, nous pouvons retourner auprès du professeur Barbu, dit-il.

— Non ! protesta Mandragore en secouant la tête.

— Pourquoi ? demanda Mot-d'Amour.

— Le moment le plus dangereux pour le ginseng millénaire, c'est quand il se trouve sous forme de plante. Si on l'arrache de terre, il meurt tout de suite.

— Combien de temps il va falloir attendre ? voulut savoir Mot-d'Amour.

— Je n'en ai aucune idée.

— Qu'est-ce qu'on fait, alors ?

Les moustaches frisées par l'effort, Brin-d'Osier réfléchit pour trouver une solution.

— En tout cas, moi, je ne bouge pas d'ici, déclara Mandragore.

— Tu ne peux pas rester tout seul, dit Brin-d'Osier. Il faut être au moins deux pour veiller sur le gamin. J'ai une idée ! Mot-d'Amour et moi allons rester avec toi à tour de rôle. Je retourne à l'école le premier, pendant que vous montez la garde.

— D'accord, acquiesça Mot-d'Amour d'un hochement de tête.

Brin-d'Osier partit, écartant les broussailles sur son passage. A quelque distance de la clairière, apercevant une colline, il se dirigea vers son sommet. C'est alors qu'il entendit des voix de chats.

— Ça doit être la classe des Chats sauvages, murmura-t-il pour lui-même, tout content.

Il s'avança vers l'endroit d'où venaient les voix. Mais la seconde d'après, vif comme l'éclair, il s'aplatissait dans un buisson. Ce qu'il venait de distinguer au loin, entre les arbres, c'était un groupe de chats qui ressemblaient fort peu aux Chats sauvages de son école. Pas du tout, même ! Ils avaient plutôt l'air de chats-ombres. Bavardant entre eux comme si de rien n'était, ils semblaient attendre quelque chose. Brin-d'Osier hésita un instant. Devait-il retourner auprès de Mandragore et Mot-d'Amour ou rejoindre au plus tôt le professeur Barbu ? Il décida finalement de rester sur place pour observer les inconnus. Comment se faisait-il que des chats-ombres puissent déambuler ainsi, sans se gêner, sur le territoire des Chats sauvages ? Une foule de questions lui venaient à l'esprit.

Un instant plus tard, une chose très étrange se produisit.

L'espace entre les arbres, derrière les chats-ombres, se mit à onduler comme des vaguelettes à la surface d'une mare. Un trou s'ouvrit, s'élargit progressivement, jusqu'à devenir l'entrée d'une grotte. Brin-d'Osier ouvrait des yeux ébahis.

Plusieurs chats sortirent de la grotte, tandis que les chats-ombres, qui avaient cessé leur bavardage, y entraient, comme pour prendre la relève. Dès l'échange de chats effectué, l'entrée de la grotte se mit à trembler violemment, devint minuscule et disparut dans un tourbillon.

Brin-d'Osier observait la scène en retenant son souffle. Il se souvint tout à coup de l'expérience étrange qu'il avait vécue quelque temps auparavant, sur cette même colline, pendant le cours de science et sport. Alors qu'il essayait de redescendre du sommet, il s'était retrouvé plusieurs fois à son point de départ, sans savoir comment. Chaque fois, il avait marqué de son odeur le chemin qu'il empruntait, mais ça n'avait servi à rien. Au début, il avait trouvé cela curieux, puis il avait fini par penser qu'il s'était simplement égaré dans un endroit inconnu. Rien de plus. Mais maintenant qu'il se rendait compte qu'il avait été le jouet d'un tour de passe-passe des chats-ombres, il sentait ses poils se hérisser sur son échine.

— Les chats-ombres ont donc eux aussi leur grotte ! Et pendant tout ce temps, nous n'avons rien remarqué, alors que l'entrée se trouvait juste sous notre nez !

Décidément, Brin-d'Osier n'en revenait pas ! Il se tassa encore un peu plus sur lui-même pour se faire tout petit, essayant d'échapper au regard des chats-ombres qui s'avançaient vers lui en papotant. Ils devaient être au moins cinq ou six. Brin-d'Osier se glissa avec agilité à travers les broussailles pour rejoindre ses camarades.

— Te voilà déjà revenu ! s'écria Mandragore en le voyant arriver précipitamment.

— Chut ! Les chats-ombres viennent par ici ! chuchota Brin-d'Osier. Leur grotte se trouve tout près.

— Quoi ? Les chats-ombres ? répondit Mandragore à haute voix. C'est parfait ! Nous allons pouvoir les capturer.

— Parle moins fort ! Ça ne servirait à rien de les attraper maintenant. J'ai le pressentiment qu'ils peuvent nous servir à retrouver le professeur Kotkam. Et puis, leur grotte... je n'ai pas le temps de vous expliquer.

— Qu'est-ce qu'on fait, alors ? demanda Mot-d'Amour avec inquiétude.

— Nous n'avons pas le choix, il va falloir utiliser un tour de magie pour débutants.

Et aussitôt Brin-d'Osier récita la formule *Akongkagua Agukakonga* tout en se grattant l'oreille gauche de sa patte arrière. L'une de ses pattes de devant devint illico aussi grande qu'un tronc d'arbre.

— Vite ! fit sa voix du haut de l'arbre. Faites comme moi. Nous allons entourer le gamin pour le protéger.

Imitant Brin-d'Osier, Mandragore et Mot-d'Amour prononcèrent à leur tour les mots magiques. Bientôt, ce fut comme si trois arbres poussaient autour d'une plante de ginseng. Entre les branches, ils distinguèrent les chats-ombres qui avançaient vers eux.

— J'ai l'impression d'avoir entendu du bruit par ici... dit l'un d'eux en jetant un regard circulaire autour de lui.

— Qu'est-ce que tu racontes ? bougonna un autre d'un ton brusque. Je ne vois personne.

— Je suis sûr qu'il y a d'autres chats dans le coin. Je les sens.

La truffe frémissante, il s'approcha des pattes de Brin-d'Osier et de ses compagnons.

— On dirait que des centaines de chats ont fait pipi sur ces arbres.

— C'est bizarre. Pourquoi ont-ils choisi ceux-là en particulier ? Mais tu as raison ! Ces arbres sentent vraiment très fort ! Et en plus, ils ont une drôle de forme. Et puis, comment se fait-il que des arbres aussi grands poussent ensemble au même endroit ?

Les chats-ombres secouèrent la tête, l'air intrigué, puis finirent par s'éloigner.

Une fois qu'ils furent partis, Mot-d'Amour s'exclama :

— Pas mal comme point de vue pour admirer le lever du soleil !

Du haut de leur perchoir, les trois chats dominaient les arbres alentour. La forêt s'étalait sous leurs yeux comme une étoffe soyeuse, jusqu'à l'infini. A l'horizon, un grand soleil rouge venait de se lever derrière une colline, là où la forêt semblait rejoindre le ciel.

— Au fait, où est-elle, cette grotte des chats-ombres ? demanda Mandragore.

— Elle est invisible à nos yeux. L'espace entre les arbres se met à onduler comme une vague, et tout à coup un trou se forme et sert d'entrée à la grotte. C'est de là que sont sortis les chats-ombres de tout à l'heure.

— Vraiment ? s'étonna Mandragore, les yeux écarquillés.

— Le jour où tu as rencontré ton gamin, il m'est arrivé quelque chose d'étrange. J'ai bien l'impression que ça fait déjà un moment que les chats-ombres utilisent leurs pouvoirs magiques sur cette colline.

— Dans ce cas... intervint Mot-d'Amour, une expression pensive sur son petit museau, si on arrivait à entrer dans leur grotte, on retrouverait peut-être le professeur Kotkam.

— Tu as raison. Il faut vite prévenir le professeur Barbu. J'y vais. De votre côté, restez ici et ouvrez l'œil !

Brin-d'Osier reprit sa taille normale et partit comme une flèche.

— N'oublie pas de demander au professeur Barbu une pierre de cristal pour moi ! cria Mandragore dans son dos.

— Compte sur moi ! répondit Brin-d'Osier, déjà loin.

La zone d'ombre

Brin-d'Osier fila à vive allure à travers la forêt, sans cesser de jeter des coups d'œil autour de lui. Arrivé à l'école, il traversa la cour, sauta sur le rebord de la fenêtre et atterrit dans la pièce du sous-sol. Le professeur Barbu, assis sur son poêle rouillé, était absorbé dans ses pensées. Il sursauta en voyant son élève.

— Ah, c'est toi, Brin-d'Osier ! s'écria-t-il avec soulagement.

Il lança un regard vers la fenêtre.

— Mais où est Mot-d'Amour ? ajouta-t-il.

— Je l'ai laissée dans le bois avec Mandragore, près du territoire des Chats sauvages.

— Que font-ils là-bas ? J'avais justement l'intention de vous interdire d'approcher ce lieu. Comme le professeur Kotkam a disparu, c'est devenu trop dangereux.

— Le cristal de Mandragore s'est cassé et l'enfant-ginseng est très affaibli, alors Mandragore et Mot-d'Amour sont restés là-bas pour le protéger, débita Brin-d'Osier d'une traite. Le gamin a repris la forme d'une racine de ginseng et est rentré chez lui.

— Le pauvre petit ! Il devait souffrir loin de sa montagne...

— Mais ce n'est pas tout ! Nous avons aussi vu des chats-ombres là-bas !

— Quoi ? Raconte-moi exactement ce qui s'est passé, le pressa le professeur Barbu, visiblement inquiet.

Brin-d'Osier entreprit d'expliquer comment l'entrée de la grotte était apparue dans l'espace entre les arbres. Il raconta également l'étrange aventure qui lui était arrivée pendant le cours de science et sport.

— Eh bien, on peut dire qu'on ne voit jamais ce qui se passe juste sous sa truffe ! Il faut prévenir tout de suite le directeur.

Brin-d'Osier suivit le professeur Barbu qui se dirigea derechef vers le bureau de Chaussettes. Comme ils arrivaient devant la porte, ils entendirent des éclats de voix provenant de l'intérieur.

— Vous ne pouvez pas faire ça !

— On dirait que le directeur n'est pas seul, murmura Brin-d'Osier.

— Hum ! C'est le professeur Ultra. Il doit être en train de se plaindre parce que le directeur a interdit l'accès de la colline à tous les chats, même ceux de la classe des Chats sauvages.

Le professeur Barbu et Brin-d'Osier pénétrèrent dans le bureau.

— Désolé de vous interrompre, professeur Ultra, s'excusa le professeur Barbu. Nous avons une affaire très urgente à régler.

— Tu es revenu, Brin-d'Osier ! constata Chaussettes d'un ton réjoui. Ça n'a pas été trop dur ? Pilastre nous a envoyé des nouvelles. J'ai appris que Machen était de retour, c'est vrai ?

— Oui, sans lui, nous n'aurions jamais pu ressortir du Royaume des Morts.

— Vraiment ? J'étais si inquiet pour vous ! Je suis heureux que tout se soit bien terminé.

Un sourire illumina le visage de Chaussettes.

— Les élèves de l'Assemblée nocturne m'ont aussi tenu au courant, ajouta le professeur Ultra en souriant à Brin-d'Osier. Tu as fait du bon travail, d'après ce que j'ai entendu dire.

Le professeur Barbu s'approcha du directeur, l'air pressé.

— Il semble qu'une zone d'ombre ait été créée sur la colline des Chats sauvages, annonça-t-il d'un ton grave.

— Une zone d'ombre ? répéta Chaussettes en le fixant d'un regard étonné.

Une expression de panique se dessina sur le visage du professeur Ultra.

— Vas-y, Brin-d'Osier, explique !

Et Brin-d'Osier de répéter une fois de plus tout ce qu'il savait.

— Hum ! D'après ce que tu dis, il n'y a plus aucun doute possible, grogna Chaussettes, soucieux. Il doit s'agir d'une zone d'ombre. Ça prouve qu'ils sont prêts depuis longtemps. C'est comme ça qu'ils ont pu enlever le professeur Kotkam au nez et à la barbe de toute l'école.

Ultra semblait nerveux.

— Je vais aller jeter un coup d'œil sur la colline, dit-il. Je dois m'assurer que mes élèves sont sains et saufs.

Et sur ces paroles, il quitta précipitamment la pièce.

— Ramenez-les ici ! cria Chaussettes dans son dos. Je crois que ce serait plus prudent.

— Entendu ! répondit Ultra en s'éloignant.

— Qu'est-ce qu'une zone d'ombre ? interrogea Brin-d'Osier.

— Voyons... Comment t'expliquer ? commença le directeur en cherchant ses mots. Tu sais d'où viennent la nuit et le jour ?

— C'est parce que la Terre tourne sur elle-même. Quand on est face à la lumière du soleil, il fait jour. Quand on est de l'autre côté, c'est la nuit.

— C'est exact. Dans l'espace réel, la terre tourne, effectivement. Mais dis-moi, sais-tu où se trouve la voie que le soleil emprunte pendant la nuit ? Je veux dire, ce long tunnel sombre dans lequel Apophis, le serpent géant, guette le soleil pour l'avaler ?

Brin-d'Osier hésita, ne sachant que répondre. Chaussettes l'observait avec un doux sourire.

— Dans un espace... irréel ? hasarda Brin-d'Osier.

— Tu as raison. Dans ce monde, il existe un espace réel et un espace hors de la réalité. De nos jours, cet espace surnaturel s'est en grande partie désagrégé, mais il en reste encore quelques morceaux.

— Comment l'espace irréel peut-il être détruit ?

— Parce que les humains n'y croient plus. S'il en reste encore un peu, c'est uniquement grâce aux animaux comme nous qui y croyons. Depuis longtemps, les chats se déplacent entre l'espace réel et l'espace surnaturel. La Grotte de Cristal est justement l'un de ces passages qui relient les deux espaces. Mais nous ne sommes pas les seuls pour qui ce genre d'ouverture existe. Les chats-ombres en possèdent une aussi. C'est ce qu'on appelle une zone d'ombre.

— Je vois...

Brin-d'Osier hocha la tête. Il commençait à comprendre ce que le professeur Barbu lui avait raconté sur les mystères de la Grotte de Cristal.

— Bon, nous ferions bien de rejoindre Mandragore et Mot-d'Amour au plus vite. Tu dois avoir encore beaucoup de questions à poser, mais nous en parlerons en cours de route. Nous avons aussi pas mal de choses à te demander.

Ils sortirent du bureau, Chaussettes à leur tête. Mais en arrivant au pied de la colline, ce fut au tour de Brin-d'Osier de servir de guide. Le soleil était déjà haut dans le ciel.

— Croyez-vous vraiment que le professeur Kotkam ait été enlevé par les chats-ombres ? demanda-t-il au professeur Barbu.

— Pourquoi cette question ? Le soupçonnerais-tu par hasard de faire partie des chats-ombres ? Tu te trompes. A mon avis, il n'est pas le genre de chat à faire ça.

— Mais j'ai entendu dire que les chats des assemblées nocturnes se divisaient en deux camps. Ils auraient même reçu une lettre du professeur Kotkam qui leur demandait de quitter l'Ecole des chats.

— Oui, nous sommes au courant. N'importe quel chat-ombre serait capable de se faire passer pour le professeur Kotkam.

Brin-d'Osier posa la question qui lui brûlait les lèvres depuis un certain temps :

— Mais qui serait assez puissant pour oser le kidnapper ? Ce ne peut pas être Ali-Baba. Le jour d'Apophis, il était trop occupé à se battre avec nous !

Le directeur répondit à son tour :

— Machen a un frère jumeau. Il s'appelle Machu. Il est beaucoup plus âgé qu'Ali-Baba. Il doit donc posséder des pouvoirs encore plus grands. Jusqu'à présent, il ne s'était jamais montré, mais il semble qu'il soit maintenant passé à l'offensive.

Enfin, une réponse ! Brin-d'Osier eut l'impression qu'on venait de lui ôter l'un des doutes qui hantaient son esprit. Pourtant, le professeur Barbu secouait légèrement la tête d'un air perplexe. Il n'avait pas l'air tout à fait convaincu.

— Machu a beau posséder d'immenses pouvoirs, ça n'a aucun sens, dit-il. Le professeur Kotkam ne sort jamais de l'école. Je ne vois pas comment Machu aurait réussi à pénétrer dans l'école sans qu'on le sache.

— Moi non plus, je ne comprends pas, renchérit le directeur d'une voix soucieuse. Ça voudrait dire qu'il se passe quelque chose que nous ignorons... Et c'est ce qui m'inquiète !

Le bois était plongé dans un pesant silence. Sans bien savoir pourquoi, Brin-d'Osier eut un étrange pressentiment. Il rentra les épaules.

— C'est encore loin ? demanda le professeur Barbu en jetant des regards autour de lui.

— Nous sommes presque arrivés. Vous voyez, là-bas, le grand arbre avec les branches qui pendent ? C'est juste un peu plus loin.

Les trois chats hâtèrent le pas.

— Qu'est-ce que c'est ? s'écria Brin-d'Osier, en arrivant au pied d'un grand pin.

Chaussettes et Barbu le rejoignirent précipitamment et regardèrent vers l'endroit que Brin-d'Osier pointait de la griffe. Un peu en contrebas, s'étendait une sorte de cuvette au fond plat. De l'autre côté, flottait une brume blanche au milieu de laquelle des ombres noires se déplaçaient.

— C'est là que j'ai laissé Mandragore et Mot-d'Amour.

— Là-bas ? Alors, dépêchons-nous d'y aller !

De plus en plus inquiet, Barbu se mit à courir. Les trois chats traversèrent dare-dare la clairière. Mais un phénomène inattendu se produisit alors. Ils avaient beau courir et courir encore, ils ne pouvaient atteindre l'endroit où se trouvaient Mandragore et Mot-d'Amour.

— Hum ! Bizarre ! dit Chaussettes en s'arrêtant brusquement. Nous devrions déjà être arrivés.

— Continuons encore un peu, dit Barbu en passant devant.

Bientôt, ils se retrouvèrent sous le grand pin, à l'endroit même d'où ils étaient partis.

— C'est bien ce que je pensais, dit Barbu en se tournant vers Chaussettes. C'est ici que tout commence, j'en suis sûr.

— Vous voulez dire la zone d'ombre ? murmura Chaussettes.

Le directeur sortit alors sa baguette de cristal et récita une formule magique. La baguette se mit à scintiller en diffusant autour d'elle un flot de poudre lumineuse de couleur verte. Les grains minuscules se répandirent dans l'air et restèrent suspendus entre les arbres, comme s'ils s'étaient collés sur une vitre. On aurait dit la surface d'un étang étincelant de lueurs vertes.

— J'ai compris, observa Chaussettes. C'est cet écran invisible qui nous empêchait d'avancer et nous faisait tourner en rond.

— Pourtant, tout à l'heure, j'y suis allé, remarqua Brin-d'Osier, désorienté.

— Quelqu'un a élargi la zone d'ombre depuis.

— Mais comment allons-nous faire ? Si Mandragore et Mot-d'Amour sont emprisonnés à l'intérieur, ils courent un grand danger !

— Essayons encore une fois. Avec un peu de chance, nous pourrons passer à travers cet écran.

Et, brandissant sa baguette de cristal, Chaussettes s'approcha de la zone d'ombre. Barbu sortit à son tour sa baguette. Les deux chats récitèrent une formule magique et enfoncèrent de toutes leurs forces les baguettes dans l'écran. Celui-ci commença soudain à se mouvoir, comme la surface d'un étang sous le souffle d'un vent violent.

— Aïe !

Avec un cri de douleur, Barbu fit un bond en arrière et s'affala sur le dos. Chaussettes recula. L'écran, qui venait de repousser les baguettes de cristal, frémit doucement pour faire retomber la poudre lumineuse, puis reprit, tranquille, son apparence d'espace vide entre les arbres. Exactement comme s'il ne s'était rien passé !

— Cette zone d'ombre est très puissante, bougonna Chaussettes, le visage sombre. Seul un être doté de pouvoirs extraordinaires a pu installer cet écran invisible. Ali-Baba en est

incapable. Machu... Ce doit être Machu. Ah, ses pouvoirs valent bien ceux de Daira !

— Il faut faire quelque chose ! Il peut arriver malheur à Mandragore et Mot-d'Amour ! Nous ne pouvons pas rester les pattes croisées à attendre !...

En regardant l'endroit où ses amis devaient être emprisonnés, Brin-d'Osier sentit son ventre se nouer d'angoisse.

Que vont devenir Mandragore
et Mot-d'Amour emprisonnés dans la zone d'ombre ?
Les chats-ombres vont-ils profiter de la nuit d'Apophis
pour attaquer l'Ecole des Chats ?
Cette nuit pendant laquelle les cristaux perdent
leur pouvoir, tandis qu'un serpent géant se réveille
d'un sommeil de deux mille ans...

Des rebondissements surprenants vous attendent
dans le tome 5 de *L'Ecole des Chats* !

Achevé d'imprimer
dans l'Union européenne

Dépôt légal : septembre 2006